U0129738

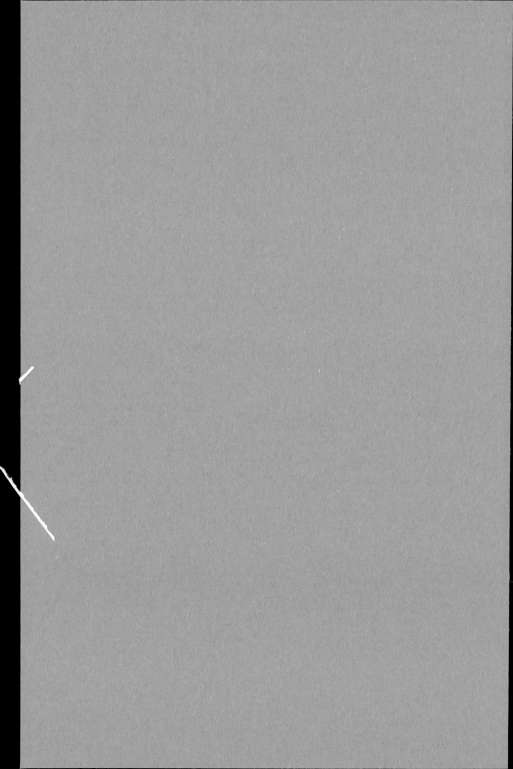

Julian
Barnes

Julian Barnes

福楼拜 的　　鹦鹉
Flaubert's Parrot

[英国]
朱利安·
巴恩斯
著　但汉松 译

译林出版社

献给帕特

当你为朋友立传时，应该写得像是在为他复仇。

——福楼拜致厄内斯特·费多的信，1872年

注　解

我要感谢詹姆斯·芬顿和萨拉曼德出版社允许我重刊第 157 页《德意志安魂曲》的几行文字。本书的译文出自杰弗里·布拉斯韦特；不过，如果没有弗朗西斯·斯蒂格马勒[1]的完美垂范，他也许会陷入迷失。

J. B.

1　美国的福楼拜译者和研究者。

目录

1 福楼拜的鹦鹉

六个北非人正在福楼拜的雕像下玩地掷球游戏。清脆的撞击声盖过了交通拥堵的街上传来的汽车轰鸣。一只褐色的手，以指尖戏谑地抚弄一个银色的球，最后将之掷向远处。它落到地上，重重弹起，在缓缓溅起的厚厚尘土中画了一道弧线。掷球者保持着帅气的造型，就像一尊临时的雕像：双膝只是微弯，右手极其幸福地舒展开。我注意到他穿着白色衬衣，袖子卷起，裸露出前臂，手腕的背面有块色斑。我起初以为是手表或文身，后来才知道是彩色的临摹：那是一个在沙漠地区备受尊崇的政治圣人的脸。

让我从这座雕像开始：这座高耸的、永恒的、朴素的雕像，它流着黄铜眼泪，打着松垮的领带，穿着周正的西装背心和宽松的裤子，一副胡子拉碴、机警冷漠的男人形象。福楼拜并没有回视我。他的目光从修士广场一直投向大教堂，俯瞰着这个他曾鄙视的城市，而这个城市也差不多遗忘了他。他的头傲气高扬：只有鸽子才能完全看见这个

3

作家秃秃的头顶。

　　这个雕像并非原版。德国人在 1942 年将最早的那个福楼拜拿走了，连同栏杆和门环。也许经过加工处理，他变成了帽徽。有差不多十年的光景，底座就是空着的。后来，鲁昂有个市长对雕像很着迷，他找回了原来的石膏模型——是一个叫利奥波德·伯恩斯塔姆的俄国人做的——然后市议会同意重建雕像。鲁昂买下了一座金属雕像，含 93% 的铜，7% 的锡。建造它的鲁迪埃家族工匠来自巴涅的沙蒂永[1]，他们说这样配比的合金能保证不受腐蚀。还有两个城市，特鲁维尔和巴朗坦，也参加了这一计划，不过买的是石质雕像。这种雕像就不太耐久。特鲁维尔那座福楼拜雕像的上臀部已不得不进行了修补，而胡子的有些部分都脱落了：包裹在内的钢丝从他上嘴唇的水泥残块中突了出来，就像小枝丫一般。

　　也许铸造厂的保证是可信的；也许这第二次浇铸的雕像会一直留存下去。但是我找不到特别的理由让自己信服。绝大多数与福楼拜有关的东西都没能保存太久。他在一百多年前去世，逝后留下的全部只有纸。纸，想法，词，比喻，变成声音的散文辞章。这一切的发生，完全符合他内心所愿；只不过他的崇拜者们会感怀抱怨。作家死后不久，他在克鲁瓦塞的故居即遭到拆毁，取而代之的是一家工厂，专门从受损的小麦中提取酒精。若要拆除他的雕像也并不难：假如一个热爱雕像的市长能建，另一个市长——没准此人迂腐死板，对萨特那本关于福楼拜的书一知半解——也许就会力主拆除。

1　法国法兰西岛大区上塞纳省的一个镇，位于巴黎市郊。

我要从雕像开始，因为这是整个计划的起点。为什么作品会让我们追着作者不放？为什么我们就不能让作家清静点？难道作品本身还不够？福楼拜是希望如此的：鲜有作家比他更坚信书面文本才是客观的，而作者根本无足轻重；但即便如此，我们仍然违逆其意去找寻作者。图像，面孔，签名；含铜量 93% 的雕像，以及纳达尔[1]拍的照片；碎布和剪下的一绺头发。是什么让我们对名人遗物充满欲望？是因为我们对语言不够笃信？难道我们认为在人生的遗留品中，藏着有助益的真相？罗伯特·路易斯·斯蒂文森去世时，他那个有经营头脑的苏格兰保姆就开始悄悄出售头发，并声称这是四十年前从作家的头上剪下来的。那些相信此说的人，那些四处求购的人，他们买到的头发已经足够填充一个沙发。

我决定晚些时候再去克鲁瓦塞。我在鲁昂可以待五天，儿时的天性使得我愿意把最好的留在最后。作家有时也有同样的冲动吗？且慢，且慢，最好的尚未出现？倘若如此，那些未完成的书该有多么诱人。我脑海中立刻浮现出两本书：《布瓦尔和佩库歇》和《家庭的白痴》。在前一本里，福楼拜试图去囊括和征服整个世界，去书写人类奋斗和失败的全部；在后一本书里，萨特试图将整个福楼拜收入囊中：囊括和征服这位文学大师、中产阶级魁首、恐怖之人、敌人、智者。中风让前者计划泡汤；失明则让后者草草收场。

我曾经想过自己写书。我有想法，甚至还做了笔记。但我是一个医生，已结婚生子。你只能做好一件事：福楼拜清楚这一点。当医生

---

1 纳达尔是法国早期摄影家、漫画家、记者、小说家和热气球驾驶者。纳达尔因利用摄影术为许多19世纪名人留下肖像而著名。

是我擅长的。我的妻子……死了。我的孩子们如今已各奔东西；良心不安时他们才会写信。他们当然有自己的生活。"生活！生活！要不断勃起！"有天我读到福楼拜的这句呐喊。他让我感觉自己像是一个大腿上有补痕的石头雕像。

那些没有写成的书呢？没理由去恨它们。世上已经有太多书了。而且，我记得《情感教育》的结尾。弗雷德里克和他的伙伴德洛里耶回顾自己的一生。最后，他们最钟爱的记忆，是多年前一起去逛妓院，那时，他们还是学生。他们为此行做了精心计划，特意去卷了发，甚至还给姑娘们偷了花。但是当他们到了妓院，弗雷德里克却没了胆子，两人便逃之夭夭。这就是他们生命中最美好的一天。最可靠的愉悦，福楼拜暗示我们，不正是期盼的乐趣吗？谁愿意置身于尘埃落定的凄凉之所呢？

我第一天就在鲁昂四处乱逛，想试试还能不能认出我1944年去过的地方。当然，那时大部分地区都遭到了轰炸；四十年后，他们仍然在修补大教堂。我找不到什么东西让那单色的记忆焕发光彩。第二天，我开车去了西边的卡昂[1]，然后北上去往海滩。沿途都是一个个被风雨侵蚀的锡质路牌，它们是公共工程运输部竖在这里的。此路通往诺曼底海滩登陆的环道：这是登陆的旅游路线。英国和加拿大部队的登陆海滩位于阿罗芒什东部——黄金、朱诺、宝剑。这些名字起得不太有创意；远远比不上奥马哈和犹他[2]来得记忆深刻。当然，除非是

1　卡昂位于法国西北部，距巴黎约二百公里，在第二次世界大战的诺曼底战役中，卡昂首当其冲。

2　奥马哈海滩和犹他海滩为美军登陆点。

军事行动让这些名字令人难忘,而不是恰好相反。

滨海格赖埃,滨海库尔瑟莱,滨海韦,阿斯内莱[1],阿罗芒什。沿着狭窄的小巷子,你会突然看到一个皇家工程师广场,或一个温斯顿·丘吉尔广场。生锈的坦克守卫着下面的海滩小屋;像轮船烟囱一样的石板纪念碑上写着英文和法文:"1944年6月6日,欧洲在这里因盟军的英勇而得以解放。"这里很宁静,毫无凶险之感。在阿罗芒什,我将两个一法郎的硬币投入全景望远镜(15/60高倍,可长时间观看),追踪海上远处的桑葚码头[2]那曲折的莫尔斯电码。点,划,划,混凝土沉箱[3]就像这些电码符号[4],海水在它们之间从容不迫地流过。绿鸬鹚已经占据了这些方石块,成为这些战争时代废品上的居民。

我在那家可以俯瞰海湾的海军饭店吃了午饭。朋友们就是在这附近死的——那段岁月里萍水相逢的朋友——但我却心如止水。英国第二军团,第五十装甲师。记忆开始从隐蔽处浮现,但感情并没有波澜;甚至连对情感的记忆都没有。午饭后,我去博物馆看了一部关于登陆的电影,然后驱车十公里去巴约[5],参观九个世纪之前另一次跨

1　均为法国卡尔瓦多斯省的市镇名。

2　为诺曼底登陆修建的临时人工码头,用混凝土空心体制成,浮在近海位置,帮助登陆船只卸载货物和人员。

3　为了避免德军侦察,盟军将空心的混凝土沉箱在登陆前投入海底,行动开始后将内部水抽干,使其可以浮出海面,作为临时码头使用。

4　莫尔斯电码共有五种代码,点,划,每个字符间短的停顿,每个词之间中等的停顿,以及句子之间长的停顿。

5　位于法国下诺曼底首府卡昂和卡兰坦之间,距离奥马哈海岸只有一步之遥。巴约建于公元1世纪,罗马人征服高卢后所建。

海峡入侵的遗迹。玛蒂尔达王后的挂毯[1]就像一部横着铺开的电影，每帧画面都连接在一起。这两起事件看上去都同样奇怪：一个已经过去太久，因而不真实；另一个太让人熟悉，也觉得不真实。我们该如何抓住过去？我们真能办到吗？当我还在读医学院时，期末舞会上有些恶搞者把一头涂满油脂的小猪放进了舞厅。小猪在人们两腿间钻来钻去，以免被逮住，还发出厉声尖叫。大家扑过去想抓住它，结果反而跌了个跟头，弄得狼狈不堪。过去的岁月，似乎常常像那头小猪。

在鲁昂的第三天，我步行到了主宫医院，那是居斯塔夫的父亲当外科主任的地方，作家在这里度过了童年时代。沿着居斯塔夫·福楼拜大道，经过福楼拜印刷厂和一家名叫福楼拜的快餐店：你肯定会觉得自己的方向没错。在医院附近，停了一辆很大的白色标致掀背车：上面漆着蓝色星星，电话号码，还有"福楼拜救护车"几个字。作家能救死扶伤？不太可能。我记得乔治·桑曾经对这个年轻的同行有过一次严肃的批评。"你给大家的是孤寂，"她写道，"而我给大家的是慰藉。"这辆标志车上应该写"乔治·桑救护车"。

在主宫医院，为我开门的是一个身材枯瘦、心绪不宁的看门人[2]，他的白色外套让我感到纳闷。他不是医生，不是药剂师[3]，也不是板球裁判。而白外套意味着灭菌消毒和公正判断。为什么博物馆的看门人要穿着它——防止福楼拜的童年受到细菌侵袭吗？他解释说，博物馆一部分是为福楼拜建的，另一部分则是关于医学史。然后，他急匆

1　巴约的历史文物，据说是在"征服者"威廉的妻子玛蒂尔达王后命令下制成的，为的是纪念1066年诺曼征服的胜利。
2、3　原文为法语。

匆地带着我参观,响亮而麻利地关上一扇扇门。我参观了居斯塔夫出生的房间,看了他的古龙香水瓶和烟草罐,还有他发表在杂志上的处女作。作家的各种图片证实了他所经历的可怕早衰,从英俊少年变成了那个大腹便便的秃顶市民。有人认为是因为梅毒。另一些人则回应称,在 19 世纪这属于正常衰老。也许,这不过是他的身体懂得人情练达:当居于其内的心灵宣布未老先衰,肉身便尽量与之同步。我总提醒自己,他曾经是金发。想记住这一点并不容易:照片让所有人看上去似乎都是黑乎乎的。

其他的房间里摆着一些 18 和 19 世纪的医疗器械:一些沉甸甸的尖头金属遗物,以及口径大到连我都有些吃惊的灌肠气泵。当时的医学肯定是一门充满兴奋、绝望和暴力的行业;现在,它不过就是药丸和官僚体制。或者说,过去比现在更具本土特色?我研究过居斯塔夫哥哥阿希尔的博士论文,题目叫《绞窄性疝手术时的思考》。有件事可以把兄弟俩放在一起说:阿希尔的论文后来成为居斯塔夫的比喻。"我感到,在我所处的这个愚蠢时代,仇恨的潮水呛得我喘不过气。粪便涌到我嘴里,就像得了绞窄性疝那样。但是我想把它留下,让它凝固,让它变硬;我想把它调成一种糊状物,盖在 19 世纪上面,就像是把牛粪抹在印度的宝塔上那样。"

将这两个博物馆放在一起,乍一看很奇怪。但是当我想到莱蒙画的福楼拜解剖爱玛·包法利的著名漫画时,一切都变得符合情理了。画中的小说家挥舞着一把血淋淋的大叉,叉尖上刺着他从女主人公身体里成功剥取出的心脏。他高举着这枚脏器做炫耀,仿佛它是一个珍贵的外科展览品,而在画的左边,刚好可以看见被侵犯的爱玛躺在那里。

作家是屠夫，作家是敏感的蛮兽。

这时我看见了那只鹦鹉。它被放在一个小壁龛里，羽毛亮绿，目光炯炯，探着脑袋，好像要问什么。栖木的底部写着非洲灰鹦鹉[1]："此鹦鹉被居斯塔夫·福楼拜从鲁昂博物馆借出，在创作《一颗质朴的心》时置于案头，起名为露露，与故事主人公费莉西泰的那只鹦鹉同名。"有一封福楼拜书信的复印件提供了佐证：这只鹦鹉，他在信中写道，在他的桌上放了三个星期，后来他一看到它就开始烦躁不安。

露露保存得很好，羽毛如同百年前那般崭新鲜亮，眼睛也依旧惹人不安。我注视着这只鸟，让我惊讶的是，我强烈地感觉到这个作家就在身边，虽然他鄙视并禁止后人对他个人产生兴趣。他的雕像是重造的；他的房子曾经被推倒；他的书当然也有自己的生命——对它们做出的回应，并非针对他本人。但是在这里，在这只以寻常而又神秘的防腐方式保存的普通绿鹦鹉身上，却有着某种东西让我感到与作家似曾相识。我既感动，又开心。

回酒店的路上，我买了一本学生版的《一颗质朴的心》。也许你知道这个故事了。它是关于一个没受过教育的贫苦女佣，她的名字叫费莉西泰，服侍同一位女主人长达半个世纪，为了别人的生活而无怨无悔牺牲了自己。她先后将自己依附于一个粗鲁的未婚夫，女主人的孩子们、她的侄子及一个手臂上长有肿瘤的老人。他们都从她身边无常地消失：有的去世，有的离开，还有的干脆就忘记了她。毫不奇怪，有这样一种经历的人会用宗教的慰藉来弥补生命的凄凉。

1　原文为拉丁文。

在费莉西泰不断减少的心灵寄托中，最后存留的就是那只叫露露的鹦鹉。当它后来也死掉时，费莉西泰就将它制成了标本。她将这个钟爱的旧物留在身边，甚至养成了匍匐在它跟前做祷告的习惯。在她简单的思维中，渐渐产生了一种教义上的混乱：她怀疑那个通常被表现为鸽子的圣灵，也许应该被描绘为一只鹦鹉。她的这种观点当然是有逻辑的：鹦鹉和圣灵都可以说话，而鸽子却不可以。在故事的结尾，费莉西泰也死了。"在她的唇边挂着一抹微笑。她心脏的跳动渐渐变缓，每次搏动都显得更为遥远，就像一眼渐渐干涸的泉水，或像是慢慢消失的回声；当她咽下最后一口气时，觉得天堂在向她打开，此时的自己看见了一只巨大的鹦鹉，盘旋在她头顶的上方。"

语气的控制是关键。想象一下写这种故事的技术难度吧：一只名字古怪的鹦鹉被草草制成了标本，最后竟然变成了圣父、圣子和圣灵中某一位的象征，而这么写不是为了讽刺，不是为了悲怀，也不是为了亵渎神灵。再进一步想想，这样的故事居然是以一个无知老妪的视角写成，读起来却不觉得贬损或扭捏。只是这样一来，《一颗质朴的心》就另有所图了：这只鹦鹉成为福楼拜式怪诞的典范，完美无缺，尽在掌握。

假如我们希望（并且违背福楼拜的意愿）的话，可以对这只鸟做一番新的阐释。譬如说，在这个未老先衰的小说家和年老色衰的费莉西泰之间，存在着隐蔽的相似性。评论家们已做了明察暗访。两人都是孑然一身；两人的生活都充满失落；两人虽然心怀感伤，却又一直在坚持。那些热衷于牵强附会的人会说，费莉西泰在去翁弗勒尔[1]的路

---

1 法国卡尔瓦多斯省的一个市镇。

上被一辆邮车撞了，这次事故就是暗指福楼拜的第一次癫痫发作，当时他在布尔阿沙尔[1]郊外的路上也被撞了。我不知道。一个指涉究竟能下潜多深才会被彻底淹没呢？

当然，在一个重要的方面，费莉西泰是福楼拜彻底的反面：她完全不善言辞。但你可以说，这正是露露的意义所在。鹦鹉，能言善道的禽兽，是生物中罕有可以模仿人类说话的。费莉西泰将露露与圣灵混为一体，这并非毫无道理，因为后者创设了语言。

费莉西泰＋露露＝福楼拜？那倒未必；但是你可以说他存在于两者之内。费莉西泰包藏有他的性格；露露寄托了他的声音。你可以说鹦鹉能聪明发声，却无太高的智商，它就是纯粹的语言。假如你是一位法国学者，也许会说它是逻各斯的象征[2]。身为英国人，我急忙回到了形而下的世界：想到了在主宫医院看到的那个优美神气的生物。我想象露露坐在福楼拜桌子的一端，回望着他，就像是哈哈镜里捉弄人的倒影。难怪它持续三个礼拜的戏仿会惹人烦。作家真的远胜过一只聪明的鹦鹉？

我们此时也许应该关注一下小说家和鹦鹉家族的四次重要相遇。在19世纪30年代，福楼拜一家每年都去特鲁维尔度假，他们那时会定期去拜访一位叫皮埃尔·巴尔贝的退休船长；我们得知船长家里就有一只特别漂亮的鹦鹉。1845年，居斯塔夫在去意大利的途中路过了昂蒂布[3]，偶遇了一只生病的长尾小鹦鹉，并在日记中专门记下此

1　法国厄尔省的一个市镇。
2　"logos"在法语中是"话语"的意思。
3　法国东南部渔港，度假胜地。

事;这只鸟就小心翼翼地停在主人小推车的挡泥板上,吃晚饭时会被带进来放在壁炉上。这个写日记的人注意到,在人和宠物之间显然有一种"奇怪的爱"。1851 年,福楼拜经威尼斯从东方回国,听说在一个镀金鸟笼里有只鹦鹉,在大运河上模仿贡多拉船夫的声音:"小心,头顶。"1853 年,他再次去了特鲁维尔;他与一个药剂师同住,发现总是被一只鹦鹉的尖叫打扰:"雅科,你吃了吗?"或"戴绿帽的,我的小坏蛋。"它还尖叫着说:"我这烟不错。"[1] 这四只鸟是否全部或部分地成为露露的灵感来源? 从 1853 年到 1876 年,在他从鲁昂博物馆借走鹦鹉标本的这些年里,福楼拜是否还见过别的活鹦鹉? 我还是把这样的问题留给专业人士去研究吧。

我坐在酒店的床上;隔壁房间里,一个电话正在模仿其他电话的叫嚷声。我想着不到半英里之外那个壁龛里的鹦鹉。一只顽皮的鸟,惹人疼爱,甚至令人尊敬。福楼拜在写完《一颗质朴的心》后怎么处置它了? 他是否将它放到了橱柜里,然后忘记了它恼人的存在,直到他想去找备用的毛毯? 四年以后,当他因为中风发作而在沙发上弥留人世,又发生了什么? 他是否会想象到一只巨大的鹦鹉,在他的上方盘旋——这次,不是圣灵的迎接,而是语言在挥别?

"我为自己喜用譬喻而感到苦恼,确实用得太多了。我被比较吞噬了,就像咬人的虱子,我终日要做的,就是捏死它们。"对福楼拜而言,语言是一件易事;但他仍然看到了语言潜在的不足。想想他在《包法利夫人》中那个悲观的定义:"语言就像一面破锣,我们在上面敲打

1　以上对话原文均为法语。

出曲调,让熊跟着起舞,然而一直以来我们所渴望的,却是去感动星辰。"所以,你可以用两种方式来理解这个小说家:一个坚持风格、笔法成熟的作者;或是一个为语言的力有未逮而深感悲切的人。萨特式的读者喜欢第二种:对他们而言,露露只能像二道贩子那般,听人言语然后鹦鹉学舌,这其实是小说家在委婉地承认自身的失败。鹦鹉/作家无力地接受语言,这是一个被动的过程,它并非原创,充满惰性。萨特本人曾批评过福楼拜的被动性,认为他不该相信(或不该为这种信念煽风点火)on est parlé,即"人是被说出的"。

泡沫的破碎是否宣告了水面下另一个指涉咕咚一声地死去? 你怀疑会过度解读一个故事的时刻,就是你感到最脆弱、最孤独,而且也许是最愚蠢的时候。评论家将露露解读为语言的象征,这错了吗? 读者认为主宫医院的鹦鹉是作者声音的象征,这错了吗? 或更糟,这是多愁善感吗? 我就是这么干的。也许这让我变得和费莉西泰一般头脑简单。

但无论你管它叫故事或文本,《一颗质朴的心》却在脑海中萦绕不去。请允许我引用一下大卫·霍克尼 [1] 在自传中温和但不甚明确的话:"这个故事的确影响了我,我感到它是我可以去深入并真正使用的主题。"1974 年,霍克尼先生画了两幅蚀刻版画:一幅是滑稽版本的费莉西泰眼中的外国(一只猴子肩上扛着一个女人溜走了),另一幅是费莉西泰和露露一起睡觉的安静情景。也许他日后还会创作更多的这种东西。

1　英国画家、版画家、舞台设计师及摄影师,生于1937年,画风为波普艺术。

在鲁昂的最后一天，我开车去了克鲁瓦塞。诺曼底的雨飘在空中，轻柔而绵密。以前这里只是塞纳河畔一个背靠青山的偏远乡村，现在已经被嘈杂的港区吞噬。打桩机轰隆作响，起重机高悬头顶，河里商船如织。来来往往的货车将那个不可或缺的福楼拜酒吧的窗户震得直响。

居斯塔夫发现东方人有拆除死者旧居的习俗，他认同这一做法；所以也许对于故居被毁，他并不像自己的读者、倾慕者那么难受。用受损的麦子提炼酒精的工厂后来也被拆除了；现在原址上又建了一家大型造纸厂，这倒是更合适一些。福楼拜故居仅剩的，就是沿路几百米外一个独层的凉亭：这是消暑小屋，当作家比平日里更需要独处时，就会来这里躲着。它现在看上去甚为简陋，毫无特征，但至少它是有意义的存在。在外面的梯台上，有一截雕花圆柱，是从迦太基挖来的，立在这里是为了纪念作者的《萨朗波》[1]。我推开大门；一条阿尔萨斯牧羊犬开始吠叫起来，一位白发的女看门人[2]走了过来。她没有穿白外套，而是一套笔挺的蓝色制服。当我开口说法语时，想到了《萨朗波》中那些迦太基翻译的标志：每人的胸前文着一只鹦鹉作为职业象征。而现在，玩地掷球的非洲人的棕色手腕上，绘着别人的头像。

凉亭只有一间房，是帐篷式的方屋顶。我想到了费莉西泰的房间："它兼具小礼拜堂和巴扎市场的气质。"这也恰是福楼拜式怪诞中的那种反讽组合——琐碎物什与肃穆遗物比邻共存。展品被胡乱摆

1　福楼拜的作品，描写公元前4世纪迦太基的雇佣军哗变起义的历史故事。萨朗波是迦太基统帅汉密迦的女儿，她倾慕起义军领袖马托的勇敢，但因后者的遭遇而身亡。

2　原文为法语。

放着,以至于我时常要跪下来瞅瞅柜子里面:这是虔诚信徒的姿势,但也是旧货店淘宝者的样子。

费莉西泰全凭个人的喜好,将零散的物什摆在一起,并以此寻得慰藉。福楼拜亦是如此,保存着带有记忆芬芳的琐物。在母亲去世多年后,他有时还是会拿来她的旧围巾和帽子,然后坐下来与它们一起入梦片刻。那些来克鲁瓦塞凉亭的游客,基本上也可以这样做:这些随意摆放的展品,随意抓住你的心。肖像画,照片,泥塑半身像;烟管,烟草罐,拆信刀;张着大嘴的蟾蜍墨水瓶;立在作家桌上并且从未烦扰他的金佛;一绺头发,当然要比照片里更为金黄。

两个放在边柜里的展品很容易错过:一个是福楼拜临终前最后一次喝水的杯子;一个是叠好的白手帕,已经有褶皱了,也许是他生命中最后一次用来擦拭额头的东西。这些寻常的小物件,似乎用不着为之动容悲切,却让我觉得有如亲睹朋友的亡故。我感到有些尴尬:三天前,我无动于衷地站在海滩,附近就是伙伴们阵亡的地方。也许,这就是找那些已故之人当朋友的好处:你对他们的感情永远不会冷却。

这时,我看见了它。在一个高高的橱柜上,蹲着另一只鹦鹉,也是那种鲜艳的绿色。而且,根据女看门人和栖木标签的说法,这正是福楼拜写《一颗质朴的心》时,从鲁昂博物馆借来的那只鹦鹉。经过请求,我将第二只露露取下来,小心翼翼地放在展柜的一角,然后移掉玻璃罩。

你如何将这两只鹦鹉做比较?一只已经被记忆和比喻理想化,另一只却是咯咯乱叫的闯入者?我最初的反应是,第二只似乎不如第一只那么真实,主要是因为它看上去更加和蔼。它的脑袋在身体上挺得更笔直,表情也不如主宫医院里那只惹人烦。这时我意识到了其中的错谬:毕竟,福楼拜对鹦鹉没有选择权;甚至连这第二只,一个看上去更为安静的伴侣,也可能在几个星期后搅得你心神不宁。

我向这个女看门人提出了鹦鹉真实性的问题。当然,她站在自己鹦鹉这一边,自信满满地否认了主宫医院的说法。我怀疑是否真的有人知道答案。我怀疑这对其他人是否有意义,除了我,因为我已先入为主地认定第一只鹦鹉更为重要了。作家的声音——是什么让你觉得可以轻而易举地找到它?这是第二只鹦鹉提出的反驳。当我站在那儿,看着这只可能是赝品的露露,此时阳光照亮了房间的那一角,使得它的羽翅显得更为鲜黄。我将鸟放回原处,心想:我现在比福楼拜活的岁数长。这种比法挺自以为是的;可悲,也不该这么想。

人什么时候死才算时机恰当?对福楼拜而言,此问题无解;对乔治·桑来说,也是如此。她有生之年未能读到《一颗质朴的心》。"我写作的初衷,完全是为了她,只想取悦她。她在我写到一半时就死了。我们所有的梦也都如此。"那是否不去做梦,不去写书,放弃作品未竟的悲伤,就更好呢?也许,就像弗雷德里克和德洛里耶那样,我们应该选择未竟之业带来的慰藉:计划好的妓院之行,期待时的欢愉,以及多年后,记住的不是那些做过的事,而是关于往昔的期待?那样的话,记忆就会更干净,痛苦也会少些,不是吗?

回家后,这两只雷同的鹦鹉还是在我脑海里扑腾:一只温婉而直率,另一只狂妄而好问。我给学术界可能了解这两只鹦鹉确切真伪的不同人士写信。我写信给法国大使馆和米其林导游手册的编辑。我还给霍克尼先生写信。我向他讲述了我的旅行，问他是否去过鲁昂；我想知道他在创作那个睡着的费莉西泰的蚀刻画时，是否想到过其中某一只鹦鹉。如果没有，他或许也曾从博物馆借过一只鹦鹉来当模特。我警告他，这个物种存在着死后单性繁殖的危险趋势。

我希望能尽快收到回复。

2 年表

I

1821 年

居斯塔夫·福楼拜出生，是家里的次子，父亲是鲁昂主宫医院的外科主任阿希尔-克莱奥法斯·福楼拜，母亲叫安妮-贾丝汀-卡罗琳·福楼拜，婚前姓弗勒里奥。这个家庭属于成功的职业中产阶级，在鲁昂附近有几处房产。这是一个稳定开明、催人上进而且心怀大志的家庭。

1825 年

居斯塔夫的保姆朱莉入职福楼拜家中，并一直待到五十五年后作家去世。他一辈子都没操心过仆人的问题。

约 1830 年

遇见厄内斯特·舍瓦利耶，他的第一个密友。福楼拜会与一帮朋友结下炽热、忠诚并且富于创造性的终身友谊：尤其值得一提的是他与阿尔弗雷德·勒·普瓦特凡、马克西姆·杜康、路易·布耶以及乔治·桑的友情；居斯塔夫善于交友，并以充满风趣和友爱的方式巩固友情。

1831—1832 年

进入鲁昂学院学习，学业出色，尤其精于历史和文学。他流传下来的最早作品，是一篇关于高乃依[1]的文章，作于 1831 年。他在青少年时期创作了大量的戏剧和小说作品。

1836 年

在特鲁维尔结识了一位德国音乐出版商的妻子埃莉萨·施莱辛格，对她一见"倾"心。这份感情的影响一直持续到青少年时代的结束。她对他极为和蔼和关爱；他们在接下来的四十年里一直保持联系。回想往事，他很欣慰她并未接受这份爱恋："幸福就像天花。得太早，会毁掉你的身体。"

约 1836 年

居斯塔夫与母亲的一位女仆初试云雨。这是他日后纵情声色的

1　17世纪上半叶法国古典主义悲剧的代表作家、奠基人。

开始,从妓院到沙龙,从开罗的澡堂男孩到巴黎的女诗人。他年轻时非常受女人欢迎,而且据本人的描述,他性能力的恢复速度非常惊人;甚至是在后期,凭着优雅的风度、智识和名望,他仍然有着女人缘。

1837 年

他的第一篇作品刊登在鲁昂的杂志《蜂鸟》上。

1840 年

通过了中学毕业会考。与家族友人朱尔·克洛凯医生去比利牛斯山旅行。福楼拜虽然常常被视为坚定的隐士,其实他游历甚广:去过意大利和瑞士(1845 年)、布列塔尼(1847 年)、埃及、巴勒斯坦、叙利亚、土耳其、希腊与意大利(1849—1851 年),英国(1851 年,1865 年,1866 年,1871 年),阿尔及利亚和突尼斯(1858 年),德国(1865 年),比利时(1871 年),瑞士(1874 年)。比较而言,他的密友[1]路易·布耶虽曾梦想到中国去,却连英国也没去过。

1843 年

作为巴黎的法律专业学生,他遇见了维克多·雨果。

1844 年

居斯塔夫第一次癫痫发作,他因此结束了在巴黎的法律学习,前

往克鲁瓦塞的新家闭门疗养。不过,放弃法律并没让他太痛苦,因为他的幽居带来了写作生涯所需要的独处和安稳,所以长远来看,这次发病是有益的。

1846 年

与"缪斯"露易丝·科莱相遇,开始了他最为著名的一段风流韵事:这段激烈的感情持续多年,充满争吵,持续了两段时间(1846—1848 年,1851—1854 年)。虽然两人脾气不和,审美各异,但居斯塔夫和露易丝在一起的时间远比大多数人预计的要长。我们应该为他们的分手而惋惜吗?仅仅因为这意味着居斯塔夫不再给她写那些辞藻华美的信了。

1851—1857 年

写作和出版《包法利夫人》,并因此上了法庭,最终成功脱罪。这个"丑闻的胜利"受到了不同作家的赞扬,诸如拉马丁[1]、圣佩甫[2]和波德莱尔。1846 年,居斯塔夫曾怀疑自己是否有能力写出有出版价值的东西,他宣称:"假如有天我真的现身,那一定是全副武装。"现在,他的胸甲光彩夺目,他的长矛无所不往。克鲁瓦塞附近有个村庄叫康特勒,那里的牧师禁止本地区的信徒读这本小说。1857 年后,文学上的成功自然带来了社交上的成功:福楼拜更多地现身于巴黎。他与

---

1 法国浪漫主义诗人。
2 法国文学评论家和历史学家。

龚古尔兄弟 [1]、勒南 [2]、戈蒂埃、波德莱尔和圣佩甫相识。1862 年,在马格尼举行的文学界晚餐会成为固定制度:福楼拜从那年 12 月开始成为那里的常客。

1862 年

《萨朗波》出版。极为成功。圣佩甫给马修·阿诺德写信称:"《萨朗波》是我们的重大事件!"这部小说为巴黎的几场化装舞会提供了主题。它甚至成为一种新式奶油小蛋糕 [3] 的商标。

1863 年

福楼拜开始经常光顾拿破仑一世的侄女玛蒂尔德公主的沙龙。克鲁瓦塞的狗熊慢慢披上了社交雄狮的皮。他自己则在周日下午开门迎客。同年,他第一次与乔治·桑有了书信往来,并会见了屠格涅夫。他与这位俄国小说家的友谊,标志着他开始在欧洲获得广泛声誉。

1864 年

在贡比涅 [4] 受到拿破仑三世的接见。居斯塔夫社交生涯的巅峰。他赠送了山茶花给皇后。

---

1 法国兄弟作家。
2 法国文献学家、哲学家和历史学家。
3 原文为法语。
4 法国城市,离巴黎东北八十公里,瓦兹省的首府。

1866 年

被授予"法国荣誉军团骑士勋章"[1]。

1869 年

《情感教育》出版:福楼拜始终宣称这是一部杰作[2]。尽管有传闻说这是一次苦战(传闻就是他本人发起的),但写作对福楼拜来说其实毫不费力。他满腹牢骚,但这样的抱怨总是以惊人流畅的文字来表达。在长达二十五年的时间里,他创作了一部扛鼎之作,这期间每隔五到七年,他需要去做大量的研究。他也许为了遣词、造句和声韵而痛苦地反复推敲,但从未经历过写作的瓶颈。

1874 年

《圣安托万的诱惑》出版。尽管此书较为奇特,却获得了令人满意的商业成功。

1877 年

《三故事》出版。获得评论界和普通读者的双重好评:福楼拜首次获得了《费加罗报》的赞誉;这本书在三年间印刷了五版。福楼拜开始写作《布瓦尔和佩库歇》。在生命的最后岁月,他在法国作家中的

1　该勋章是1802年由拿破仑设立的,勋章的丝带是红色的,分为六个等级。福楼拜获得的是最低一个等级的"骑士勋章"。

2　原文为法语。

翘楚地位受到下一代人的承认。他备受尊崇。他家周日下午举行的招待会成为文学圈的盛事;亨利·詹姆斯拜访了这位大师。1879年,居斯塔夫的朋友们以他的名义设立了每年一度的圣波利卡普[1]晚宴。1880年,《梅塘之夜》[2]的五位合著者,包括左拉和莫泊桑,赠给他一册该书的签名本:这份礼物可以被视为自然主义向现实主义的一次象征性致敬。

1880 年

荣誉等身、广受爱戴、临终前仍笔耕不辍的居斯塔夫在克鲁瓦塞逝世。

II

1817 年

卡罗琳·福楼拜死亡(年仅二十个月),她是阿希尔-克莱奥法斯·福楼拜和安妮-贾丝汀-卡罗琳·福楼拜的第二个孩子。

1819 年

他们的第三个孩子埃米尔-克莱奥法斯·福楼拜死亡(年仅八个月)。

---

1 基督教殉道者。
2 法国中篇小说集,由包括法国小说家左拉在内的六位作家的中篇小说结集而成,以普法战争为背景。

1821 年

他们的第五个孩子居斯塔夫·福楼拜出生。

1822 年

他们的第四个孩子朱尔·阿尔弗雷德·福楼拜死亡（年仅三岁五个月）。他的弟弟居斯塔夫生于两个夭折的孩子之间[1]，身体虚弱，大家以为他也活不长。福楼拜医生在大公墓买了一块家庭墓地，挖了一个小坟穴，是为居斯塔夫预备的。意想不到的是，他居然活了下来。他是一个笨小孩，喜欢嘴里含着手指，一连坐上几个小时，脸上带着"近似痴傻"的表情。对萨特而言，他就是"家庭中的白痴"。

1836 年

开始无望地迷恋上了埃莉萨·施莱辛格，这段感情灼伤了他的心，让他无法再全身心去爱别的女人。他在回首往事时写道："我们每个人心里都有一座皇家大厅。我将自己的用砖墙包围起来。"

1839 年

因行为粗鲁、不守纪律而被鲁昂学院开除。

---

1 原文为法语。

1843 年

巴黎的法学院公布了一年级的考试成绩。考官用红黑色球来表示测评结果。居斯塔夫得到了两红两黑,因此未能及格。

1844 年

癫痫初次剧烈发作;之后还会陆续发作。"每次发病,"居斯塔夫后来写道,"就像是神经系统的大出血……它将灵魂强行从身体里夺走,让人痛不欲生。"他接受放血,吃药打针,特殊饮食,戒除烟酒;假如他不打算去认领他在墓地里的位置,就需要接受严格的禁闭和悉心的照料。尚未入世的居斯塔夫现在就要隐退了。"这么说,你就像小姑娘一样被看得牢牢的?"露易丝·科莱后来一针见血地打趣他。除了他生命的最后八年,福楼拜夫人无微不至地监督着他的健康,严格控制他的外出旅行。渐渐地,在接下来的几十年里,她变得比他更为衰弱:等到他差不多不再需要她牵挂时,她就成为他的负担。

1846 年

居斯塔夫的父亲去世,紧接着是他心爱的妹妹卡罗琳去世(卒年二十一岁),他不得不成为自己外甥女的代理父亲。他一生中常为亲人朋友的离去而伤痛。而朋友还有别的"死亡"方式:6月,阿尔弗雷德·勒·普瓦特凡结婚。居斯塔夫感到这是他一年中的第三次永别之痛:"你在做一件变态之事。"他抱怨说。那年,他在给马克西姆·杜康的信中写道:"泪水对于心灵,就像水对于鱼一样不可或缺。"他在同一年遇见露易丝·科莱是否就是一种安慰呢?一个掉书袋而且倔脾气的人,与一个无节制而且占有欲强的人别扭地配在了一起。仅仅在她成为他情人六天之后,他们的关系就变成了这般模式:"克制你的大喊大叫!"他向她抱怨说,"它们对我就是折磨。你想让我怎样?抛下一切搬到巴黎去住?不可能。"这种不可能的关系却勉强为继了八年之久;露易丝始终不理解的是居斯塔夫如何能既爱着她,但又不想看见她。"假如我是个女的,"他六年后写道,"我不想找自己这样的做情人。一夜情,可以;但亲密爱情,这不可能。"

1848 年

阿尔弗雷德·勒·普瓦特凡去世,时年三十二岁。"我知道我从未像爱他一样爱过别人,不论男女。"二十五年后又写道:"我没有一天不思念着他。"

1849 年

居斯塔夫给他两个密友布耶和杜康朗读他成年后写的第一部长篇作品《圣安托万的诱惑》。他读了四天,每天读八个小时。两位听众在被问及意见时颇为尴尬,告诉他最好将它烧掉。

1850 年

居斯塔夫在埃及染上了梅毒。他头发掉了很多;身材发福。福楼拜夫人第二年在罗马见到他时,几乎认不出自己的儿子,而且发现他变得非常粗俗。他从此刻开始进入中年。"你刚一出生就开始腐烂了。"在接下来的日子里，他的牙齿几乎全都掉光，只剩下一颗；因为水银疗法，他的唾液永久地变黑了。

1851—1857 年

《包法利夫人》。写作过程是痛苦的——"写这本书时，我就像一个手指关节上系着铅球的人在弹钢琴"——而诉讼则令人震骇。在后来的日子里，福楼拜渐渐憎恨这部杰作带给他的持久声名，这让他在别人眼里成为靠一本书成名的作家。他告诉杜康，假如他在证券交易所交上好运，就会"不计代价"买下市面上所有的《包法利夫人》："我要把它们全部烧掉，再也不想听人提起。"

1862 年

埃莉萨·施莱辛格被关入精神病院；她被确诊患有"急性精神忧郁症"。在《萨朗波》出版后，福楼拜开始结交有钱朋友。但他在财务方面仍然很幼稚：他妈妈不得不卖掉房产帮他还债。1867 年，他将自己的财务权秘密移交给外甥女婿埃内斯特·康芒维尔。在接下来的十三年间，由于生活奢侈，经营不善，再加上运气不佳，福楼拜赔光了全部家财。

1869 年

路易·布耶去世。他曾称之为"帮助我消化生命的苏打水"。"失去了我的布耶，就是失去了我的助产士，这个人对我思想的洞察比我自己更为深入。"圣佩甫也死了。"又走了一个！这个小团体在消亡！现在还能和谁一起聊聊文学？"《情感教育》出版；在评论界和图书市场均遭惨败。在友情送出的一百五十册书中，只有不到三十人发来答谢。

1870 年

儒勒·龚古尔去世；1862 年设立马格尼晚餐会的七位友人中，仅剩三人健在。普法战争期间，敌人占领了克鲁瓦塞。福楼拜为身为法国人而感到耻辱，不再佩戴自己的军团荣誉勋章。他决意向屠格涅夫咨询加入俄国国籍的手续。

1872 年

福楼拜夫人去世："在过去的两周里，我已经意识到我可怜的老母亲是我的至爱。这就像是掏心挖肺。"戈蒂埃也死了。"他走了，我仅剩的好友也没了。名单已空。"

1874 年

福楼拜的戏剧处女作《候选人》问世。这是一次惨败；演员下场时满眼泪光。仅仅演了四场，这出戏就被撤了。《圣安托万的诱惑》出版。"被撕成了碎片，"福楼拜写道，"从《费加罗报》到《两世界评论》，所有人都予以苛评……让我吃惊的是，这些批评中暗藏着仇恨——对我的仇恨，对我本人的仇恨——故意的贬低……排山倒海的辱骂让我很沮丧。"

1875 年

埃内斯特·康芒维尔在经济上的惨败也殃及了福楼拜。他卖掉了多维尔的农场;他不得不恳求外甥女不要把他赶出克鲁瓦塞。她和康芒维尔戏称他为"花钱者"。1879 年,他沦为靠政府救济金度日,而这还是朋友帮忙才申请到的。

1876 年

露易丝·科莱去世。乔治·桑去世。"我的心正在变为一个大坟场。"居斯塔夫最后的日子过得孤苦伶仃。他告诉外甥女说,后悔一直没结婚。

1880 年

贫困交加、孑然一身的居斯塔夫·福楼拜去世。左拉在悼词中说,鲁昂五分之四的人不认识他,剩下的五分之一则痛恨他。他未完成的遗作是《布瓦尔和佩库歇》。有人说是这部小说把他写死的;屠格涅夫在他动笔前告诉他,最好写成一个短篇小说。葬礼之后,一群致哀者(包括诗人弗朗索瓦·戈贝和泰奥多尔·德·班维尔)在鲁昂举行晚宴,以纪念这位辞世的作家。当他们在桌边坐下时,发现共有十三人。迷信的班维尔坚持要再找一个客人,于是戈蒂埃的女婿埃米尔·贝热拉被派出去满大街找人。在遭到几次拒绝后,他找回来了一个正在休假的士兵。这个士兵从未听闻过福楼拜,但渴望与戈贝见面。

III

1842 年

我和我的书,在同一个公寓里:就像一根泡在醋里的腌黄瓜。

1846 年

当我还很年轻时,就已经对生活有了彻底的不祥预感。它就像是从排风口里散发出来的令人反胃的烹饪味道:你根本不用吃,就知道它会让你呕吐。

1846 年

我对你所做的,和以前对那些最爱之人所做的事情一样:给他们看袋子的底,刺鼻的尘土从里面升腾起来,让他们喘不过气。

1846 年

我的生命和另一个人(福楼拜夫人)的生命铆合在了一起,而且只要那人的生命在持续,就会彼此不分离。我是一根飘荡在风中的海草,被结实的绳子系在了石头上。如果线断了,这个可怜无用的植物将飘向何方?

1846 年

你想修剪树木。这棵树枝丫错乱,树叶繁茂,向各个方向生长,去呼吸空气和阳光。但你想让我长成一株迷人的墙树，靠着一堵墙舒展枝条，结出精巧的果实，孩子甚至不用梯子就能摘到。

1846 年

别以为我属于那个粗俗的人群，他们在享乐后感到恶心，对他们而言爱仅仅就是色欲。不：在我心中，那些升腾起来的东西不会如此迅速地消退。我心灵的城堡刚建成就长出了苔藓；但是这些城堡的毁败不会那么快，假如它们终究有那么一天的话。

1846 年

我就像一根雪茄：你必须吸吮一头，才能让我保持燃烧。

1846 年

在那些出海的人中，有的是发现新世界的航海家，他们给地球增加了大陆，给天空增加了星辰：他们是大师，伟人，有着永不磨灭的璀璨。还有的人从炮眼中喷射恐怖，他们掠夺，发财，发胖。其他人出海，是为了寻找异国天空下的黄金和丝绸。还有的人出海，是为了给美食家捕获大马哈鱼，或为穷人抓鳕鱼。我是一个寂寂无名但却充满耐心的采珠渔民，潜入最深的水域，两手空空地浮出水面，脸色铁青。某个致命的东西，在诱惑着我去往思想的深渊，下到那些最深的幽闭之处，这样的地方一直都令强者魂牵梦绕。我要凝视着艺术之海，以此来度过我的一生，在这片海上有人航行，有人挣扎；我会不时地自娱自乐一番，潜水去找那些无人需要的黄绿贝壳。我会将它们留给自己,用它们去装点我小屋的墙壁。

1846 年

我只是一只文学蜥蜴,沐浴在"美"的艳阳下,舒坦地打发时光。仅此而已。

1846 年

在我内心深处有一种极端而隐秘的、苦涩却持久的厌倦,它让我无法去喜欢任何东西,它让我的灵魂感到窒息。它总是一有机会就再次出现,就如同溺毙的狗,尽管脖子上系着石头,但肿胀的尸体还是会浮出水面。

1847 年

人就像食物。在我看来,有很多中产阶级的人就像是清炖的牛肉:全是蒸的,没有汁水,没有味道(它立刻就能填饱你的肚子,吃这道菜的通常是乡巴佬)。另一些人则像是白肉,淡水鱼,像从泥泞的河床抓来的鳝鱼,像(咸味不同的)牡蛎,像小牛头肉和糖粥。我?我就像是软塌塌、臭烘烘的芝士通心粉,你必须要品尝过多次才会喜欢这味道。你最终会爱上它,但只可能是在它把你的肠胃无数次搅得翻江倒海之后。

1847 年

有的人心肠柔软,意志坚定。我正相反:我意志软弱,铁石心肠。

我就像是一个椰子,将乳汁锁藏在好几层木头里面。你需要一把斧子才能打开它,然后你通常会发现什么呢? 一种酸乎乎的乳脂。

1847 年

你曾希望在我这里找到一团火,它炽烈地燃烧,照亮一切;它发出喜悦的光芒,烘干潮湿的壁板,让空气更加健康,让生活重燃。唉! 我只是一盏可怜的夜灯,它红色的灯芯在一池掺了水和渣屑的劣质灯油中噼啪作响。

1851 年

对我来说,友谊就像是骆驼:一旦开始,就无法止步。

1852 年

当你渐渐老去,心就会像树一样掉落叶子。你无法抵挡某种风。每天它都会刮走一些叶子;然后还会有暴风雨,一次就能折断几根树枝。而当大自然在春天返青,这颗心却再也无法吐绿。

1852 年

生活是一个多么可怕的东西,不是吗? 它就像是漂着很多根头发的汤。但你必须喝下它。

1852 年

我嘲笑一切,甚至包括那些我最爱的东西。没有什么事实、事物、感情或个人不曾被我嬉笑怒骂，就像铁滚筒给布料碾压上光一样。

1852 年

我对工作有一种狂热到变态的爱，就像一位苦行僧热爱着那件刺刮自己肚子的刚毛衬衣。

1852 年

我们所有诺曼底人在血管里都有一些苹果酒：这是一种经过发酵的苦酒，有时会撑破酒桶。

1853 年

关于让我立刻搬到巴黎这件事，我们得延后再谈，或者就在此时此刻做个了断。现在我是不可能这么做的……我太了解自己了，这样将意味着损失一整个冬天，也许整本书就泡汤了。布耶可以说：我在任何地方写作都没问题；尽管不断有干扰，但他十多年来一直在不停工作……但我就像一排奶锅：如果想做出乳脂，就得让它们待在原地。

1853 年

你的才华让我目眩。十天就能写六个故事！我无法理解……我就像是那种古老的导水渠：有太多垃圾堵塞在我思想的堤坝里，所以水流缓慢，只能从我的笔端一滴滴地淌出。

1854 年

我将生活分类得井井有条，让一切都有属于自己的位置；我就像是一个旧旅行箱，满是抽屉和框格，全都用三根大皮带捆系住。

1854 年

你要的是爱，抱怨说我没有给你送花？花，没错！如果这就是你想要的，那就去找个乳臭未干的小伙，风度翩翩、善解人意的那种。我就像是一只老虎，生殖器上长了一圈刺痛雌虎的硬鬃毛。

1857 年

写书和造人不一样：它们就像是建金字塔。要有深谋远虑的规划，要把一块块巨石摞在一起，要经过耗时耗力的卓绝苦役。所有这一切都没有什么目的！它仅仅就那样矗立在沙漠里！它惊人地高耸在沙漠。豺狗在它的底部撒尿，而布尔乔亚们攀爬到它的顶尖。这个比喻还没完呢。

1857 年

有一句拉丁语的大意是："用你的牙齿从粪堆里拾起小钱。"这是用来形容吝啬者的修辞。我就像他们：为了找到金子，我会不惧一切。

1867 年

确实，很多事情令我愤怒。当我停止愤怒的那天，就会直挺挺地倒在地上,就像拿走了支撑物的玩偶。

1872 年
我的心完好无恙,但我的感情一头锋利,一头迟钝,就像一把磨了太多次的旧刀,有了豁口,很容易断刃。

1872 年
精神之物从未这样微不足道过。对一切伟大事物的憎恨从未如此昭显——蔑视美,诅咒文学。我总试图活在象牙塔里,但便溺的潮水正拍打着它的墙壁,使它岌岌可危。

1873 年
我还在不停地生产句子,就像资产阶级在阁楼里用车床生产餐巾圈。它让我有事情可以做,使我获得了某种隐秘的愉悦。

1874 年
尽管你给了忠告,我还是无法"让自己坚强起来"……我全部的敏感都在颤抖——我的神经和大脑生病了,病得很重;我的感觉如此;但我依然如故,又满腹牢骚,我并不想让你难受。我会让自己局限于你所说的"石头"上。然后你要知道,古老的花岗岩有时候会变成层层黏土。

1875 年
我感到自己被连根拔起,就像一大簇死掉的海藻,在海浪中被拍来打去。

1880 年

这本书什么时候能写完？这是个问题。假如可能会是明年冬天，那么我从现在开始就一刻不能荒废了。但有时候我非常疲惫，觉得自己就像一块陈年的卡芒贝尔奶酪，正在渐渐融化。

3 谁捡到，就归谁 [1]

---

1 "Finders, Keepers"是英语格言，即对于无主的物品，先发现者可以拥有对此物的所有权。此概念来自古罗马法律。

你可以用两种方式来定义网,这取决于你的视角。通常,你可以说它是一种用于捕鱼的有网眼的工具。但是你也可以在保全逻辑的前提下,反其道行之,像一位诙谐的词典编纂家那样去定义网:他称之为用线绳联结起来的洞眼的集合。

你也可以这样来形容传记。拖网装满了,然后传记作家将它拉起来,分门别类,扔掉一些,储存一些,切成鱼块,然后卖掉。但是你想想那些他没捕获的:这样的东西总是远远多于捞起来的。传记立在书架上,厚厚的一本,充满了布尔乔亚的派头,傲气十足,但又安详沉静:一先令的传记会给你全部的事实[1],而十英镑的传记还会告诉你全部的传闻假说。但想一下那些漏掉的东西,它们随着传主临终时咽下最后一口气而消失。如果传主面对最擅写的传记作家时决定耍耍他,后

---

[1] 语出奥登的诗《名人录》("Who's who")。

者又能有什么招儿?

我与埃德·温特顿的初次相遇是在欧罗巴酒店,他把手搭在我的手上。这是一句戏言;不过倒也不假。那是在一次外省书商展销会上,我想拿一本屠格涅夫的《文学回忆录》,伸手比他稍快了一点点。两手相碰后,彼此立刻道歉,双方都觉得颇为尴尬。当我们都意识到这次两手相碰仅仅是出于对书的共同喜爱时,埃德轻声说道:

"我们出去谈谈吧。"

我们喝着一壶普普通通的茶,相互讲述了自己对这本书萌发兴趣的经过。我讲了福楼拜的事;他说了自己对戈斯和上世纪末英国文学团体的兴趣。我并不认识什么美国学者,他说自己厌倦了布鲁姆斯伯里[1],愿意将现代主义运动留给更年轻、更有野心的同事们,我听到这些话觉得挺惊喜的。但接着埃德·温特顿承认自己是一个失败者。他才四十出头,已经开始谢顶了,皮肤红润光滑,戴着一副方形的无框眼镜:他属于那种银行家气质的学者,谨小慎微,道义凛然。他买的是英国衣服,但看上去一点都没有英伦范儿。他保持了那种美国人的作风,即在伦敦总是穿着雨衣,因为他知道在这个城市晴天也能滴下雨来。他甚至在欧罗巴酒店的大堂里都穿着那件雨衣。

他失败的神态中并无颓唐之感;相反,他的气质源自一种心甘情愿的自我认同,他知道自己本来就不是成功的料,所以他的责任仅仅是确保自己以正确而体面的方式去失败。当我们聊到他那本戈斯传记可能无望完成(更别说出版了)时,他停了下来,压低了声音:

1　原文为"bloomsbury",英国20世纪初著名的文学团体,核心成员有弗吉尼亚·伍尔芙等人。

"但不管怎么样，我有时会怀疑戈斯先生是否能同意我正在做的事情。"

"你的意思是……"我对戈斯知之甚少，但我瞪大的双眼似乎再清楚不过地暗示着裸体女洗衣工、混血私生子和被肢解的尸体。

"哦，不，不，不是。我指的是写他的这种想法。他也许会认为这事有点……卑鄙无耻。"

我把屠格涅夫的书让给了他，当然，希望就此可以避免讨论占有的道德问题。我不明白为什么买一本二手书还会涉及道德问题；但是埃德觉得有关系。他答应说如果再碰到同一本书，就会联系我。然后我们简短地讨论了一下由我来付茶钱的对与错。

我并不指望他还能再联络我，更没料到一年后促使他给我写信的那个话题。"你对朱丽叶·赫伯特感兴趣吗？从材料上看，这段关系很诱人。如果你愿意的话，我8月份会去伦敦。永远的，埃德（温特顿）。"

当未婚妻打开盒子，看见紫色天鹅绒上插着的戒指，会是什么感觉？我从未问过妻子这个问题；现在已经太晚了。或者，当福楼拜在大金字塔的塔顶等待日出，最后终于看见天鹅绒般的夜幕透出一缕金光时，他是什么感觉？当我读到埃德信中那两个词时，震惊，敬畏，还有强烈的喜悦涌入我的心里。不，我说的不是"朱丽叶·赫伯特"，而是另两个：第一个词是"诱人"，另一个则是"材料"。除了喜悦，除了艰苦的工作，还可能会有什么？我是不是还有从哪里弄个荣誉学位的无耻想法？

朱丽叶·赫伯特是一个用线绳联结在一起的巨大网眼。她在19

世纪 50 年代中期成为福楼拜外甥女卡罗琳的家庭教师，并在克鲁瓦塞待了若干年；后来她回了伦敦。福楼拜给她写过信；她也回信；他们经常去探望对方。除此之外，我们一无所知。他们之间的通信一封也没留存下来。我们对她的家庭几乎一无所知。我们甚至不知道她长什么样。没有留下关于她的描述，福楼拜的朋友们在他死后也没有想过要提及她，而他生命中其他重要的女人则多半进入了史册。

传记作家们对于朱丽叶·赫伯特莫衷一是。有人认为，史料匮乏这一点就说明了她对福楼拜的生活无足轻重；另一些人的看法恰恰相反，认为这种资料不足说明这个女家庭教师正是作家的情人之一，可能是他生命中不为人知的挚爱，甚至是他的未婚妻。如何提出假说，这直接取决于传记作者的脾气性情。我们能从居斯塔夫管他的灰狗叫朱利奥这一点，推断出他对朱丽叶·赫伯特的爱吗？有些人可以。但对我来说有些牵强。假如我们这么想问题，那么居斯塔夫在各种信件中称他的外甥女为"露露"，后来又用这个名字来称呼费莉西泰，从这一点又能推断出什么呢？乔治·桑有一只公羊就叫居斯塔夫，这又怎么说？

福楼拜在一封给布耶的信中明确提到了朱丽叶·赫伯特，这封信是布耶去了克鲁瓦塞之后写的：

看到你也十分喜欢女家庭教师，我自己也变得兴奋起来。在饭桌前，我的双眼一直在惬意地观察她微微隆起的乳峰。我相信她每次吃饭都有五六次注意到这一点，她看上去就仿佛沐浴在阳光中。将乳房的曲线比作堡垒的斜堤，这个比喻多么美妙。当丘比特们向城堡发动猛攻时,纷纷摔倒在这里。(用我们酋长的声音来说)"哦,我当然知道要用什么样的大炮朝着那个方向开火。"

我们应该匆匆下结论了吗?坦白说,福楼拜在给男性友人的信中,就爱写这种浮夸刺激的玩意。我自己觉得这个不足信:真实的欲望是不会那么随意地转化成譬喻的。但是,所有的传记作家暗地里都想将传主的性生活占为己有,然后去做一番自我阐释;你必须要对我和福楼拜都有自己的判断。

埃德果真发现了某些关于朱丽叶·赫伯特的材料?我承认自己提前感到了一种占有的渴望。我想象着自己在一本最重要的学术期刊上发表这一成果;也许我可以登在《泰晤士报文学副刊》。《朱丽叶·赫伯特:一个获解之谜》,作者杰弗里·布拉斯韦特,配图是一张字迹难辨的照片。我也开始担心埃德会不会在大学里鲁莽地公布他的发现,并且傻乎乎地将自己的资料交给某个留着爆炸式发型的野心勃勃的法国通。

但这些感觉并无太多意义,而且我想也没什么代表性。我之所以会激动,主要还是因为这将揭开居斯塔夫和朱丽叶的关系之谜(埃德信中"诱人"一词难道还有别的意思?)。我感到激动的另一个原因,是因为这份资料也许可以帮助我更准确地想象福楼拜其人。网正在被收紧。比方说,我们能否弄清作家在伦敦的情况?

这一点尤其有趣。19世纪英国和法国的文化交流多半是出于实用考虑。法国作家横渡海峡并不是为了和英国同行们讨论美学问题;

他们要么是为了躲避诉讼，要么是为了找份工作。雨果和左拉是因流亡而来；魏尔伦和马拉美是过来教书的。维利耶·德·利尔-阿达姆[1]长期贫困，却异常讲究实际，他过来是为了追求一个女继承人。为了他这次远行，巴黎的婚姻中介为他置办了一件皮草大衣，一块能报时的问表[2]，还有一副假牙，所有这些都是等作家获得女继承人的嫁妆后再付款的。但维利耶此行却意外频出，求婚也被搞砸了。女继承人拒绝了他，而中介则跑来要回了大衣和表。这个被抛弃的追求者只得漂泊在伦敦，牙齿倒是一颗不缺，却身无分文。

福楼拜的情况又如何？我们对他的四次英国之行知之甚少。我们知道他对1851年的世博会有出人意料的赞许——"很好的一件事，尽管人人都喜欢"——但是他对第一次访英之旅只留下了七页纸的笔记：两页是关于大英博物馆，另五页是关于水晶宫的中国和印度展区。他对于我们的第一印象是什么？他肯定告诉朱丽叶了。我们符合他在《庸见词典》中"英国"词条的说法吗（**英国男人**：都很有钱；**英国女人**：对她们生出漂亮孩子表示惊讶）？

当他成了臭名昭著的《包法利夫人》的作者，后来的几次来访情形如何？他去寻找英国作家了吗？他去英国找妓院了吗？他惬意地待在朱丽叶家里，吃饭时盯着她看，猛攻她的堡垒？他们或许（我并非完全希望如此）仅仅只是朋友？福楼拜的英文是否像他信中体现的那样不靠谱？他抱怨雾天了吗？

1　法国象征主义作家、诗人和剧作家。

2　即打簧表，一般是通过表壳上的按钮或拨柄，可以启动一系列装置发出声响，以报告当时的时间。对于照明条件受限的19世纪，这种能报时的手表显得非常重要。

当我与埃德在饭店碰面时,他看上去似乎比从前更加潦倒。他告诉我预算缩水了,这个世界真残酷,而且他自己也没发表什么东西。虽未听他亲口说,但我已推断出他被炒鱿鱼了。他告诉我,解聘这件事颇具讽刺色彩:它是由于自己全身心投入到戈斯研究中,不愿意拿不够格的东西来敷衍世人。学校的上级曾建议他走走捷径。唉,他不愿意这么干。"我的意思是,难道我们反过来不亏欠这些家伙什么东西吗?"他最后说道。

也许我表现出的同情略少于他的期待。但是,你能扭转时运吗?只是这一次,好运开始转向我了。我很快就点完了我的晚餐,对吃什么心不在焉;埃德对着餐谱沉思,仿佛他是几个月来第一次有人请他美餐一顿的魏尔伦。埃德一边喋喋不休地唠叨抱怨,一边慢慢地享用银鱼,这让我渐渐失去了耐心;虽然这并没有减少我的兴奋。

"好吧,"我说,当我们开始吃主菜时,"朱丽叶·赫伯特。"

"哦,"他说,"是的。"我看得出他可能需要一些催促。"这是个奇怪的故事。"

"有可能。"

"是的。"埃德似乎有些痛苦,几乎带着些许尴尬。"呃,我大约六个月前来过这里,寻访戈斯先生一个远亲后代。我并没有期待能有什么发现。只是,据我所知,尚未有人找这个女人谈过话。我想这是我的……责任去见见她。也许能有什么我不清楚的家族传说传到了她那里。"

"然后呢?"

"然后?哦,没有然后。她根本没有什么价值。虽然那天天气不错。肯特。"他又显得很痛苦；他似乎在思念那件被服务员无情剥夺的雨衣。"啊，但是我懂你的意思。传到她手里的，是一些信件。现在让我把这一点说清楚；有不对的，希望你能纠正我。朱丽叶·赫伯特大约死于1909年，对吧？是的。她有一个表亲，是个女的。对。就是这个女的发现了信，拿着它们去找戈斯先生，问他这些东西价值如何。戈斯先生以为对方找他是为了钱，就说这些信倒是有点意思，却值不了什么钱。于是，这个表亲显然就将信交给了他，并说，假如它们不值钱，你就拿走吧。他就收下了。"

"你是怎么知道这些的？"

"戈斯手中有一封附信。"

"然后呢？"

"然后这些信传到了这个女士手中。在肯特。她问了我同样的问题。它们值多少钱？我后悔当时做了一件不道德的事。我告诉她，在戈斯查阅这些信的年代，它们是有价值的，但今时不同往日。我说它们依然有些吸引力，但不值什么钱了，因为有一半是用法语写的。然后我花了五十英镑把它们从她手中买了过来。"

"老天哪。"难怪他看起来很狡猾。

"是的，这么做不厚道，对吧？我没法给自己开脱；尽管戈斯先生本人是通过撒谎才获得了这批信件，这一点的确让事情变得有些暧昧。它引发了一个有趣的伦理问题，对吧？事实上，我因为丢了工作而相当沮丧，我本想着将它们带回家卖掉，这样就能继续写我的书了。"

"有多少封信？"

"大概七十五封。双方各写了大概三十多封。我们是这样来定价的——英文信每封一英镑，法文写的每封五十便士。"

"天哪。"我猜了一下它们能值多少钱。也许是他出价的一千倍。甚至更多。

"是的。"

"哦，继续，讲讲信里写了什么。"

"啊。"他顿了一下，如果他不是那种温顺的学究，那么脸上的神情也许就显得有些流氓气。他很可能对我的兴奋劲颇为受用。"嗯，说吧。你想知道什么？"

"你读过了吗？"

"哦，是的。"

"那，那……"我不知道要问什么。埃德现在一定十分得意。"那么，他们之间有私情吗？他们有过，对吗？"

"哦，是，当然。"

"那是什么时候开始的？她刚去克鲁瓦塞就发生了吗？"

"哦，是的，很快。"

哦，这就解释了他给布耶的那封信：福楼拜在调戏朋友呢，假装他和朋友在获取家庭教师芳心这件事上机会一样大（或者说，一样少）；然而实际上……

"她在那儿待着的日子里一直维持了这种关系吗？"

"哦，是的。"

"当他去英国时呢？"

"是的，也有。"

"那她是他的未婚妻吗？"

"很难说。我猜，差不多算是吧。他们两人信中都有所提及，大部分是玩笑口吻。诸如一个小小的英国女家庭教师勾搭上了著名的法国作家之类的话；还说，假如他因为伤风败俗而触犯众怒结果入狱，那她该怎么办；就是这样的一些话。"

"哦，哦，哦。发现她长什么样了吗？"

"长什么样？哦，你的意思是看上去吗？"

"是的，有没有……有没有……"他感觉到了我的期待，"……照片？"

"照片？有，事实上有好几张；是切尔西一家照相馆拍的，印在厚相纸上。他肯定是请她给他寄一些。这有价值吗？"

"太棒了。她长什么样？"

"挺漂亮的，但也不特别。黑色头发，结实的下巴，好看的鼻子。我没有特别仔细地看；不是我喜欢的类型。"

"他们相处得好吗？"我几乎不清楚还想问些什么。《福楼拜的英国未婚妻》，我心里嘀咕着。作者杰弗里·布拉斯韦特。

"哦，是的，他们似乎处得来。他们好像挺甜蜜的。他后来掌握了不少英语里的甜言蜜语。"

"他语言上没问题吗？"

"哦，是的，他信中有一些大段大段的话是用英语写的。"

"那他喜欢伦敦吗？"

"他喜欢。怎么能不喜欢呢？这是他未婚妻居住的城市。"

亲爱的老居斯塔夫，我喃喃自语道；我对他产生了一种温情。在这里，就是这个城市，一个多世纪以前，他的心被我的同胞俘获了。

"他抱怨雾天了吗？"

"当然。他写了一些这样的话，如'你们怎么能生活在这种雾里？等到绅士认出雾中朝他走来的女士，这时再脱帽就已经太迟了。我很惊讶的是，当这种简单的礼貌都成问题时，这个民族居然没有灭亡'。"

哦，是的，就是这口吻——文雅，调侃，有点色眯眯的。"那世博会呢？他详细谈了吗？我猜他肯定很喜欢。"

"他喜欢。当然，这是他们初次见面之前几年的事了，但他提起这事时还是很动情——他怀疑自己也许曾在人群中不经意地与她擦肩而过。他觉得世博会有点糟糕，但确实也相当辉煌。他好像看了所有的展览，仿佛它们就是为他准备的一次庞大的素材展。"

"那，呃。"好吧，为什么不问呢。"我猜他没有去妓院吧？"

埃德面有愠色地看着我。"哎，他可是在给自己女朋友写信，对吧？他不太可能拿这个出来吹嘘吧。"

"是，当然不会。"我感到了责难。我也觉得欢欣鼓舞。我的信。我的信。温特顿打算由我来发表这些信，难道不是吗？

"那我什么时候可以看到信？你把信带来了吧？"

"哦，没有。"

"你没有？"好吧，将它们保存在安全的地方，这也合乎情理。旅行是有危险的。除非……除非有什么事情我没搞明白。也许……他想要钱？我突然意识到自己对埃德·温特顿其实一无所知，除了知道他是我那本屠格涅夫《文学回忆录》的主人。"你连一封信都没带在身边？"

"没有。你知道吗，我把它们给烧了。"

"你说啥？"

"是的,对,这故事听上去很怪,但的确如此。"

"现在这听上去像是犯罪故事。"

"我确信你会理解的。"他这么说让我大吃一惊;接着,他开心地笑了起来。"我的意思是,你们所有人。事实上,起初我决定谁也不告诉的,但后来我想起了你。我想这个领域的人应该有人知道此事。算是有个见证吧。"

"接着说。"这个人是个疯子,这是显而易见的。难怪他们会把他从大学里踢出去。要是他们早些年就这么干该多好。

"你知道吗,信里充满了各种诱人的东西。这些信,非常长,写了不少对其他作家和公共生活的看法。它们比他普通的信更袒露心迹。也许这是因为他是把信寄到国外,所以才能这样无拘无束。"这个罪犯、骗子、失败者、谋杀犯、秃头的纵火狂知道他在对我做什么吗? 他很可能是知道的。"她的信也自有其可取之处。她在信中讲了自己的人生遭遇。对认识福楼拜很有帮助。信里写满了对克鲁瓦塞家庭生活的思念追忆。她显然是一个很好的观察者。她所注意到的东西,我觉得别人都发现不了。"

"继续。"我阴沉着脸,冲服务员挥了挥手。我不确定自己还能在那儿待下去。我想告诉温特顿,英国人当年将白宫烧为平地,这事我别提多高兴了。

"毫无疑问,你想知道我为什么要毁掉这些信。我看得出来,你有点发怒了。好吧,在他们最后的一次通信中,他说假如他死了,会将她的信送还给她,然后她就要把双方的来信都烧掉。"

"他给出理由了吗? "

"没有。"

如果假设这个疯子说的是实话，那么这一切就显得很奇怪了。但居斯塔夫当时确实烧掉了他和杜康的大部分通信。也许他的家族荣誉感一时占了上风，他不想让全世界知道他差点就娶了一位英国家庭教师。或者，也许他不想让我们知道他对孤独和艺术的著名虔诚曾经差一点就被颠覆。但世界会知道的。我会告诉世人，不管用何方式。

"所以你看，我其实别无他选。我的意思是，假如你的事业是作家研究，就必须诚实对待他们，是吧？你必须按他们说的做，哪怕别人做不到。"这是一个多么自鸣得意、喜欢说教的王八蛋啊。他说起伦理道德，就像是妓女涂脂抹粉。然后，他设法将先前的那种狡诈和后来的那种自鸣得意融成一副表情。"他最后一封信里还讲了些别的。除了要求赫伯特小姐烧掉信件，他还附加了一个非常奇怪的指示。他说，假如有人问你我信里写了什么，或打听我的私生活，请别对他们说实话。因为我不能求你们都撒谎，要不然，看看他们希望听些什么，然后你就说什么吧。"

我觉得自己就像是维利耶·德·利尔-阿达姆：有人借我一件皮草大衣，一块打簧表用了几天，然后残忍地将它们夺回。幸运的是，服务生这时回来了。此外，温特顿并不那么傻：他将凳子推得离桌子远远的，在那里玩自己的手指甲。"遗憾的是，"当我收起自己的信用卡时，他说，"我现在很可能无法投钱到戈斯先生身上了。但我相信你会认同我，这是一个有意义而且符合道德的决定。"

我想我接下来所说的话对戈斯先生极为不公，无论是把他当成作家，还是一个凡夫俗子；但我当时真的忍无可忍了。

4 福楼拜动物寓言集 [1]

1　中世纪流行的一种文学形式，多为关于现实或虚构动物的寓言小故事合集。

我容易招惹疯子和动物。

致阿尔弗雷德·勒·普瓦特凡的信,1845 年 5 月 26 日

熊

居斯塔夫是熊。他的妹妹卡罗琳是耗子——"你亲爱的耗子","你忠实的耗子",她落款时如此称呼自己;"小耗子","啊,耗子,乖耗子,老耗子","老耗子,调皮的老耗子,乖耗子,可怜的老耗子",他这样称呼她——但居斯塔夫是熊。当他年仅二十岁时,人们就觉得他"是一个古怪的小伙儿,一头熊,一个与众不同的年轻人";甚至在癫痫发作回克鲁瓦塞静养之前,他就已经树立了这种形象:"我是一头熊,我想在我的洞穴里,在我的巢穴里,在我的皮囊里,在我这头老熊的皮囊里,一直保持一头熊的样子;我想要安静的生活,远离那些布尔乔亚的男男女女。"发病后,这头熊更加确认了自己的身份:"我孤独地生

61

活,就像一头熊。"(这个句子里"孤独"一词最好加上注解:"除了我的父母、妹妹、仆人、我们的狗、卡罗琳的山羊和经常来访的阿尔弗雷德·勒·普瓦特凡,我是孤独的。")

他康复后,被获准外出旅行;1850 年 12 月,他从君士坦丁堡写信给他母亲,更详细地谈了熊的形象。现在,熊不仅代表了他的性格,也关乎他的文学韬略:

> 如果你成为俗世中人,你就无法清楚认识它:你要么为生活所累,要么就活得太惬意。在我看来,艺术家是一头巨兽,是某种外在于自然的东西。上天施予他的一切厄运折磨,都是因为他拒不承认那条金玉之言……所以(这就是我的结论了)我屈从于已有的生活:选择孤独,唯一的密友就是我的那一群伟人们——做一头熊,与熊皮毯为伴。

那一群伟人"密友",当然,并不是家中的访客,而是那些从他书架上拣选出的伙伴。至于说熊皮毯,他总是牵挂着它:他两次从东方写信(君士坦丁堡,1850 年 4 月;贝尼苏韦夫 [1],1850 年 6 月),拜托妈妈打理好它。他的外甥女卡罗琳还记得他书房中间的这个醒目之物。她一点钟会被带到那里上课;为了隔热,百叶窗总是关着,黑暗的房间里充满了香烛和烟草的味道。"我会一下子跳到这个我非常喜欢的白色大熊皮上,对着它的硕大脑袋亲吻。"

---

1 埃及中北部城市。

一旦你抓住了熊，马其顿谚云，它就会为你舞蹈。居斯塔夫不跳舞；Flaubear[1] 不是谁的熊。（这种文字游戏用法语如何玩？也许可以说，Gourstave[2]。）

熊：通常叫作"马丁"。摘引一个老兵的故事，此人看见表掉进了熊窝里，就爬下去拿，结果被吃了。

——《庸见词典》

居斯塔夫也是别的动物。年轻时，他是一连串的野兽：渴望见到厄内斯特·舍瓦利耶时，他是"雄狮，老虎——来自印度的老虎，大蟒蛇"（1841 年）；当他感到精力出奇地好时，他是"公牛、斯芬克斯、麻鸦、大象和鲸鱼"（1841 年）。后来，他每次只成为一种动物。他是贝壳里的牡蛎（1845 年）；壳里的蜗牛（1851 年）；蜷成一团自我保护的刺猬（1853 年，1857 年）。他是一只沐浴在美的阳光下的文学蜥蜴（1846 年），还是一只深藏在树林中尖声啼叫的莺鸟，只有自己能听得到这叫声（也是 1846 年）。他成为一头温柔而紧张的奶牛（1867 年）；他感到像驴子一样疲惫（1867 年）；但他仍像海豚一样在塞纳河里游弋（1870 年）。他像骡子一样工作（1852 年）；他过的生活足以累死三头犀牛（1872 年）；他"像十五头公牛"那样工作（1878 年）；虽然他建议露易丝·科莱像鼹鼠那样，在工作时钻洞躲起来（1853 年）。在露易丝看来，他就像"美洲大草原上的野生大水牛"（1846 年）。但

1　对 Flaubert 的戏仿，其中 bear 就是英文里的"熊"。

2　同样是文字游戏，从 Gustave 而来，其中 ours 是法语中的"熊"。

对乔治·桑来说，他似乎"如羊羔一般温顺"（1866 年）——他否认这一点——两人聊起天来就像喜鹊（1866 年）；十年以后，在她的葬礼上，他哭得像一只牛犊（1876 年）。他独自待在书房，写完了专门献给她的故事，那个关于鹦鹉的故事；他"像大猩猩一样"哭号出了这个故事（1876 年）。

他有时候会拿犀牛和骆驼的形象自我打趣，但大体而言，在私底下，在骨子里，他是一头熊：一头倔强的熊（1852 年），一头因为他所处时代的愚蠢而愈发以熊的姿态自居的熊（1853 年），一头污秽的熊（1854 年），甚至是一头玩具熊（1869 年）；直到生命的最后岁月，他一直都如此这般，依然"像穴里的熊那样大声咆哮"（1880 年）。注意，在福楼拜最后完成的一部作品《希罗底》[1]中，当被囚禁的先知尤卡南[2]被命令停止对这个堕落的世界咆哮怒骂时，他回答说自己还将继续吼叫，"就像熊那样"。

语言就像一面破锣，我们在上面敲打出曲调，让熊跟着起舞，然而一直以来我们所渴望的，却是去感动星辰。

——《包法利夫人》

在 Gourstave 的时代，熊还是挺常见的：阿尔卑斯山有棕熊，萨瓦有红熊。在高级的腌制品商店里能买到熊肉火腿。1832 年，亚历山大·仲马曾在马里尼的邮政宾馆吃熊排；后来，他在那本《烹饪大

---

[1] 福楼拜《三故事》中的一个，另外两个故事为《一颗质朴的心》和《圣朱利安传》。

[2] 即施洗者约翰。

辞典》（1870 年）中写道："现在欧洲各民族的人都吃熊肉。"大仲马从普鲁士国王的大厨那里得到了做熊掌的菜谱，是莫斯科风味的做法。买去皮的熊掌。洗净，加盐腌渍三天。加培根肉和蔬菜炖七八个小时；收汁，擦干，撒上胡椒粉，然后在热猪油中翻炒。滚上面包屑，然后烤半个小时。配上辣味沙司，加两勺红加仑果酱。

我们不清楚 Flaubear 是否吃过和自己同名的动物。1850 年，他在大马士革吃过单峰骆驼。一个合理的猜测是，假如他曾经吃过熊，应该会对这一自我吞噬之举评点一番。

那么 Flaubear 到底属于哪一种熊呢？我们可以通过信件来追踪他的熊迹。起初，他只是类别不详的 ours（法语中的熊），即一头熊（1841 年）。到了 1843 年、1845 年 1 月和 1845 年 5 月（此时他骄傲地说自己的皮毛有三层），他仍然未被归类——虽然拥有了熊窝。1845 年 6 月，他想买一幅熊的画像装饰房间，并命名为"居斯塔夫·福楼拜肖像画"——"以表明我的道德脾性和处世之道"。至此，我们（也许还包括他）一直想象的是一头黑色的动物：美洲棕熊，俄罗斯黑熊，萨瓦红熊。但在 1845 年 9 月，居斯塔夫言之凿凿地说自己是"一头白熊"。

为什么？因为他是一个欧洲白人变的熊吗？也许这种身份认同源自他书房地板上铺的白熊皮地毯（他最早提到此物是在 1846 年致露易丝·科莱的信中，他说自己喜欢白天躺在上面伸懒腰。也许他之所以选择这个种类，是为了能躺在自己的地毯上，既一语双关，又自我伪装）？或者说，这种颜色暗示了他进一步地疏远了人类，渐渐抵达熊性的极限？棕熊、黑熊、红熊都与人类相距不远，栖息于人类城市附近，甚至还与人类为伴。深色的熊大部分可被驯养。但是白熊，即北极熊呢？它不会为了取悦人类而舞蹈；它不吃浆果；它不会因为喜吃蜂蜜这个弱点而掉入陷阱。

另一些熊则为人所用。罗马人从不列颠进口熊用于比赛。东西伯利亚的堪察加半岛人曾经用熊的肠子来做面具以遮挡太阳强光；他们还用削尖的熊肩胛骨来割草。但是白熊（拉丁语中北极熊叫 thalassarctos maritimus）是熊中的贵族。它们独来独往，远离尘世，以漂亮的动作潜水捕鱼，以强悍的作风伏击浮上海面换气的海豹。它们是能下海的熊。它们搭乘巨型浮冰，去往很远的地方旅行。上世纪的某年冬天，十二头大白熊就通过这种方式，一直向南到达了冰岛；想象一下，它们乘着正在融化的王座南下，那样的登陆该多么令人震撼，神威显赫。北极探险家威廉·索克斯比曾注意到，这种熊的肝脏是有毒的——在所有已知的四足动物器官中，唯有这种是有毒性的。在动物饲养界，还未听说过北极熊的妊娠实验。这些奇怪的事实也许福楼拜都不会觉得奇怪。

当西伯利亚的雅库特人见到熊，他们会脱帽问候，称之为主人、老头子或爷爷，并承诺绝不攻击或说它的坏话。但假如它看上去像是要攻击人类，他们就会朝它开枪，假如杀死了熊，他们就会将它切块做烤肉，并拿去款待自己人，还一直不停地说："是俄国人吃了你，不是我们。"

—— A. F. 奥拉尼耶，《饮食宝典》

他选择做熊还有别的原因吗？ours 的比喻义在英语中颇为相

66

同：粗野之徒。ours 在俚语中有"拘留所"之义。avoir ses ours,字面上是"(某人)有了自己的熊",意思是"来例假了"(也许是因为女人在此时的举止会像头痛发作的熊)。词源学家将这一口语用法追溯到本世纪初(福楼拜并未这么用过;他喜欢说红衣军[1]登陆了等幽默的变体表达。有次,他因为露易丝·科莱的例假不准而担心,最后才放心地写道"巴麦尊勋爵[2]来了")。un ours mal léché,一头皮毛邋遢的熊,指的是无教养、不文明的人。对福楼拜更合适的,是 19 世纪的俚语 un ours,它指的是被反复退稿但最终得以录用的剧本。

毫无疑问,福楼拜知道拉封丹[3]那篇关于熊和花园隐士的寓言。曾经有一头熊,长得丑陋畸形,它遁世隐居在树林里。过了一段日子,它变得郁郁寡欢,心情暴躁——"因为隐者很少会长久保持理性"。于是它离开树林,遇到了一个园丁,此人也过着隐居生活,渴望有个伙伴。这头熊就搬进了园丁的小屋。这个园丁之所以成为隐士,是因为他无法忍受愚蠢之人;但因为熊一天也说不了两三个词,他倒是还能不受打扰地继续自己的工作。熊出去捕猎,把猎物带回来一起分享。当园丁睡觉时,熊就忠心耿耿地坐在旁边,驱赶那些试图落在园丁脸上的蚊虫。有一天,一只苍蝇落在了此人的鼻尖上,怎么赶也不走。熊对这只苍蝇勃然大怒,最后就抓起一块大石头,成功地杀死了它。不幸的是,在这个过程中,园丁脑浆迸裂。

也许露易丝·科莱也知道这个故事。

1　指英军。

2　英国政治家,多次担任外交大臣和首相。

3　法国著名的预言家。

骆驼

假如居斯塔夫不是熊,他也许就是骆驼。1852 年 1 月,他写信给露易丝再一次解释他的固执:他就是这个样子,他改不了,这事他说了不算,他受制于万物之间的引力作用,那种引力"使得北极熊栖居于冰雪地区,使得骆驼行走于沙地之上"。为什么是骆驼?也许它是福楼拜式怪诞的一个佳例:它不由自主地同时呈现出严肃与滑稽。他在开罗这样写道:"骆驼是世上最好的东西。这个奇怪的野兽像火鸡一样摇摆走路,又像天鹅那样摆动颈脖,让我怎么都看不腻。我徒劳无功地一次次试着模仿它的叫声——我希望能把这声音带回来——但它很难被复制——那是一种嘎嘎声,伴着喉咙里发出的呼呼巨响。"

这个物种还体现了一种与居斯塔夫很相似的性格特征:"无论是生理还是心理活动上,我都像单峰骆驼,它很难被驱动,可一旦它动起来,就很难停下来;我需要的是持之以恒,无论是静还是动。"这个写于 1853 年的类比一旦启动,也的确很难停下来:在 1868 年给乔治·桑的信里,它仍然还被使用着。

chameau,骆驼,在俚语中是"年老的交际花"之义。我觉得福楼拜不会因为该词的这一联想就放弃以骆驼自喻的。

绵羊

福楼拜喜欢游乐会:杂技演员、女巨人、怪物、会跳舞的熊。在马赛,他逛过一个开在码头边的马戏篷,广告上打的是"羊女",她们跑来跑去的,而水手就去用力扯她们身上的羊毛,看是不是真的。这不是什么高格调的表演:"没什么比这个更愚蠢或醒酿了。"他写道。他对盖朗德的游乐会要感兴趣得多,这是坐落于圣纳泽尔西北部一座带堡垒的老城,他在 1847 年和杜康步行去布列塔尼游玩时曾造访此地。有个马戏篷的经营者是一位带皮卡第[1]口音的农民,此人很狡猾,广告打的是"一个年轻的稀罕物":后来才知道其实是一只五条腿的绵羊,尾巴长得像喇叭的形状。福楼拜对怪物和它的主人都很喜欢。他颇为陶醉地欣赏了这个动物;还带主人出去吃饭,给他打保票说将来会发财,并建议他给路易·菲利普国王写信说说这事。等到晚上活动结束时,他们已经开始称兄道弟了,这显然让杜康颇为不悦。

"年轻的稀罕物"让福楼拜很着迷,成了他日常打趣的词汇。当他和杜康一起上路,就会故作正经地把自己的朋友引荐给树林和草木:"请允许我向你们介绍这位年轻的稀罕物!"在布雷斯特,居斯塔夫又和这个狡猾的皮卡第人以及他的怪物搞到了一起,和此人一起吃饭,喝得酩酊大醉,并接着称颂他这个动物的神奇之处。他总是这样被轻浮的狂躁冲昏头脑;杜康守在一旁,等他这股高烧退去。

第二年,在巴黎,杜康生病了,在自己公寓里卧床不起。一天下午四点,他听见外面楼梯上传来嘈杂声,然后门被猛地推开。居斯塔夫大步走了进来,后面跟着那只五腿羊和穿着蓝色上衣的马戏团演员。他们好不容易才从某个在荣军院或香榭丽舍举办的游乐会上脱

---

1 法国的一个大区。

身,福楼拜急切地想和朋友分享他们的新发现。杜康没好气地记录道,这只羊"举止不佳"。居斯塔夫也是如此——吵吵着要酒喝,带着动物在房间里乱逛,吹嘘它的诸多优点:"这个年轻的稀罕物三岁了,通过了医学院的检查,有幸受到了几位君王的接见,等等。"过了一刻钟,病中的杜康再也不能忍了。"我赶走了羊和它的主人,并找人来打扫房间。"

但这只羊也在福楼拜的记忆中留下了它的排泄物。他在死前一年仍和杜康提起他和小尤物的不宣而至,笑得和事发当天一般灿烂。

猴子、驴、鸵鸟、第二头驴和马克西姆·杜康

一周以前,我在街上看见一只猴子跳到一头驴的身上想手淫——驴又嚷又踢,猴子的主人大吼,猴子自己也尖叫着——除了两三个小孩在笑,除了我觉得这一幕非常有趣,没有人关注此事。当我把这事讲给领事馆的参赞 M. 贝林听时,他告诉我说,曾经见过一只鸵鸟试图强奸驴。马克西姆有天曾在某处人迹罕至的废墟里手淫,他说感觉很好。

——致路易·布耶的信,开罗,1850 年 1 月 15 日

鹦鹉

首先,鹦鹉是具有人性的;这么讲,是从词源学的角度。Perroquet 是 Pierrot 的昵称;Parrot 源自 Pierre;西班牙语中的 perico 源自

70

Pedro。对希腊人而言,鹦鹉的说话能力是哲学家辩论人兽之别时的一个话题对象。埃利安[1]说:"婆罗门将它们看得比所有其他鸟都重要。而且他们认为这样做合乎情理;因为只有鹦鹉才能惟妙惟肖地模仿人类说话。"亚里士多德和普林尼[2]发现,这种鸟喝醉后变得极其好色。更相关的是,布丰[3]发现它易患癫痫。福楼拜知道鹦鹉与他同病相怜:在他为《一颗质朴的心》所做的调研笔记上,记录了一些鹦鹉的疾病——痛风、癫痫、口疮和喉咙溃疡。

总结一下。首先,有露露,它是费莉西泰的鹦鹉。然后,有两只相互竞争的鹦鹉标本,一只在主宫医院,一只在克鲁瓦塞。然后,还有三只活鹦鹉,两只在特鲁维尔,一只在威尼斯;再加上一只生病的长尾小鹦鹉,在昂蒂布。我想,关于露露的可能出处,我们能排除的是居斯塔夫在从亚历山大到开罗的船上遇到的女人,此人是那个"丑陋的"英国家庭的母亲:此女的帽子上系着绿色的眼罩,她看上去"就像是一只生病的老鹦鹉"。

卡罗琳在《私人日记》中表示,"费莉西泰和她的鹦鹉均非杜撰",并暗示说第一只特鲁维尔鹦鹉(即巴尔贝船长的那只)就是露露的真实祖先。但这并没有回答一个更重要的问题:19世纪30年代一只普通的(但确实漂亮的)活鸟,是以怎样的方式,又是在何时变成了19世纪70年代那只复杂、超凡的鹦鹉? 我们很可能永远找不到答案;但我们能对这个转折可能发生的时间点做出一些猜测。

---

1 罗马修辞学作家和教师。

2 又称老普林尼,古代罗马的百科全书式的作家,以其所著的《自然史》一书著称。

3 法国博物学家、数学家、生物学家。

《布瓦尔和佩库歇》未写完的第二部分原本主要由《摘录》组成，该卷收录了大量的奇闻蠢事，还有自我贬损的语录，两个文员严肃地抄下它们，目的是教化世人，而福楼拜在复制它们时，却带有更为讥讽的企图。在他为这套档案所收集的几千份剪报中，就有下面这则故事，它是从 1863 年 6 月 20 日的《民论报》[1]上剪下来的：

"在阿尔隆附近的热鲁维尔，有人曾拥有一只漂亮的鹦鹉。这是他唯一的挚爱。年纪尚轻的他已经成为一份不幸感情的牺牲品；这段经历让他变得十分厌世，他现在与鹦鹉相依为命。他教会了这只鸟说自己昔日爱人的名字，每天这个名字要被重复一百遍。这只鸟没别的天赋，但在主人（这个不幸的人叫亨利·K）的眼里，仅有的这个特长胜过一切。每当他听见那个神圣的名字以这个奇怪的声音发出，亨利就会陷入狂喜；对他来说，它就像是从墓穴之外飘来的声音，神秘莫测，超凡入圣。

"孤独点燃了亨利·K 的想象，这只鹦鹉在他脑海中渐渐变得异常重要。对他而言，这是一只圣鸟：他毕恭毕敬地与之相处，还会长久地陷入对它的沉思。对于主人的凝视，鹦鹉会以毫无惧色的目光回望，嘴里念叨着神秘宗教的字眼。亨利的灵魂中就会充盈着对逝去之爱的记忆。这种奇怪的生活持续了几年。然而有一天，人们注意到亨利·K 看上去比平日更加阴沉；他的眼中有一种奇怪而疯狂的光芒。鹦鹉死了。

"亨利·K 继续独自生活，只是现在算是彻彻底底的一个人了。

1　从1859年至1874年在巴黎出版的一份法国日报。

他和外部世界没有任何联系。他越来越沉浸在自己的世界里。有时候，他一连数日都不离开房间。给他送什么吃的，他就吃什么，对谁都不理不睬。渐渐地，他开始相信自己变成了鹦鹉。他会嘶嘶地叫出他想听见的那个名字，仿佛是在模仿那只死去的鸟；他会学着鹦鹉的样子走路，蹲在别的东西上，伸开双臂，就仿佛要拍打翅膀。

"有时，他会大发脾气，乱摔家具；他的家人决定送他去吉尔的疗养院[1]。但在半路上他趁着夜色逃走了。第二天早上，他们发现他栖息在树枝上。大家很难把他劝下来，于是就有人想出一个办法，拿一个巨大的鹦鹉鸟笼放在树底下。这个不幸的偏执狂一看见鸟笼，就爬下树来，然后被人们一把抓住。他现在就住在吉尔的疗养院。"

我们知道的是，福楼拜被报纸上的这个故事震惊了。他在"这只鹦鹉在他脑海中渐渐变得异常重要"这句话后面做了如下批注："换一个动物：改成狗，而不是鹦鹉。"显然，这是他为未来作品做的某个简单计划。但是当他写下露露和费莉西泰的故事时，依然还是用的鹦鹉，只是把主人给改了。

在写《一颗质朴的心》之前，福楼拜在作品和书信中对鹦鹉只提过寥寥几笔。在给露易丝的信中（1846 年 12 月 11 日），居斯塔夫这样解释异国他乡的吸引力："童年时，我们都想生活在那个鹦鹉和甜枣的国度。"为了安慰伤心失意的露易丝（1853 年 3 月 27 日），他提醒她说我们都是笼中之鸟，羽翅愈大，生活愈重："我们或多或少都是老鹰、金丝雀、鹦鹉或秃鹫。"他向露易丝否认自己的虚荣（1852 年

1　原文为法语。

12 月 9 日），对骄傲和虚荣做了区分："骄傲是一头野兽，居于洞穴，游于沙漠；而虚荣则是一只鹦鹉，辗转于枝头之间，聒噪于众目之下。"他向露易丝描述自己如何为《包法利夫人》特有的风格而苦苦求索（1852 年 4 月 19 日）："多少次，当我以为胸有成竹时，却狼狈跌倒在地。即便如此，我觉得自己不可以死，直到我可以确信心中感受到的那个风格喷薄而出，淹没那些鹦鹉和知了的鸣叫。"

在《萨朗波》中，如我前述所言，迦太基的译者将鹦鹉文到胸前（这个细节倒是贴切，但未必可信）；在同一本小说中，一些野蛮人"手里握着遮阳帽，或将鹦鹉放在肩头"；在萨朗波阳台的装饰物中，有一张小小的象牙床，靠垫里塞的是鹦鹉的羽毛——"因为这是一种未卜先知的鸟，是献给神祇们的"。

在《包法利夫人》和《布瓦尔和佩库歇》中均未出现鹦鹉；《庸见词典》里也没有"鹦鹉"词条；《圣安托万的诱惑》中仅提到一两处。在《圣朱利安传》中，只有极少几种动物在朱利安的首次围猎中逃过了被屠杀的命运——栖息的松鸡被砍断了腿，低飞的鹤鸟被猎人的鞭子从空中砰然打落——但鹦鹉未被提及，也未受伤害。但在第二次捕猎中，当朱利安杀戮的能力突然消失，当行踪飘忽的动物们充满敌意地观察着步履艰难的追击者，鹦鹉就出现了。那些在树林中闪闪发光的东西起初被朱利安当成天空中低垂的星星，但其实它们是那些野兽的眼睛正窥看着他：野猫、松鼠、猫头鹰、鹦鹉和猴子。

我们也别忘了那只不在场的鹦鹉。在《情感教育》中，弗雷德里克漫步穿过在 1848 年起义中遭到破坏的巴黎某区。他走过已经被拆除的街头堡垒；他看见一摊摊黑黑的东西，那肯定是血；房子里挂的窗帘就像是钉子上吊着的破布。在这一片混乱中,还是有些美好之物侥幸活了下来。弗雷德里克朝一扇窗户里看去,他看见了一个钟,几幅画——还有一个鹦鹉的栖架。

这和我们徜徉于过去的方式并无大异。我们迷茫混乱,充满畏惧,顺着尚存的标记一路走去;我们看得见街道的名字,但不确定自己所在何方。到处都是断壁残垣。这些人从未停止战争。这时我们看见一栋房子;也许是作家住过的。在前面的墙壁上有块牌匾。"居斯塔夫·福楼拜,法国作家,1821—1880,曾生活于此,当——"但后面的字就变得极小,就如同眼科医生的视力检查表。我们走上前去。我们往窗户里瞅。哦,是真的;尽管经历过屠戮,但还有一些美好之物留存了下来。钟还在嘀嗒走。墙上的画提醒我们,艺术曾在这里受人敬仰。一个鹦鹉的栖架引起了我们的注意。我们想找到鹦鹉。鹦鹉在哪?我们还能听见它的声音;但看到的只是一个光秃秃的木质栖架。这只鸟已经飞走了。

狗

1)浪漫的狗。这是一只大个头的纽芬兰犬,属于埃莉萨·施莱辛格。假如我们信杜康的话,它的名字叫尼禄;假如我们听龚古尔的,它的名字就叫萨勃。居斯塔夫在特鲁维尔遇见了施莱辛格夫人:他十四岁半,她二十六岁。她很美,她的丈夫很富有;她戴着一顶巨大的草帽,透过她的细布裙子,可以瞅见那一对香肩。尼禄(或萨勃)与她形影不离。居斯塔夫经常远远地跟着她。有次她在沙丘上解开衣服给孩子喂奶。他怅然若失,痛苦无助,深陷情网。从此以后,他就认定

1836年的匆匆夏日烙伤了他的心。(当然,我们可以选择不信他的这个说法。龚古尔是怎么说的?"虽然他生性坦诚,但在说到自己的情海沉浮时,他从来都不是实话实说。")他最先向谁讲述了这份感情?他的同学友人?他的妈妈?施莱辛格夫人本人?不:他告诉了尼禄(或萨勃)。他带着这只纽芬兰犬,散步穿过特鲁维尔的沙地。踩在柔软隐秘的沙丘上,他会双膝跪地,双手抱住狗。然后,他会亲吻这只狗,所吻的位置正是它的女主人不久前刚用嘴唇触碰过的(大家对究竟吻在何处尚有争议:有些人说是狗的鼻口处,有些人说是头顶);他会对着尼禄(或萨勃)那毛茸茸的耳朵窃窃私语,这份被倾诉的秘密,正是他渴望讲给那个穿着细布裙子、戴着草帽的人听的;而且,他还会泪流满面。

对施莱辛格夫人的记忆,以及她的存在,将伴随着福楼拜的余生。至于那只狗的情况,就没有记载了。

2)现实的狗。据我所知,还没有人详细研究过克鲁瓦塞的宠物。它们只有倏忽短暂的生命,或有名,或无名;我们很少知道人们是什么时候或以何种方式获得了它们,它们又是何时或怎样死的。让我们做一下汇总吧:

1840年,居斯塔夫的妹妹卡罗琳有一只叫萨伏伊的山羊。

1840年,这家人养了一只黑色的纽芬兰母犬,名字叫尼奥(也许杜康印象中施莱辛格夫人那只纽芬兰犬的名字就是受此影响)。

1853年,居斯塔夫在克鲁瓦塞独自和一只无名狗吃饭。

1854 年，居斯塔夫和一只叫戴克诺的狗一起吃饭；很可能正是前面所说的那只狗。

1856 年至 1857 年，他的外甥女卡罗琳养了一只宠物兔。

1856 年，他在自家草坪上展出了一只他从东方带回来的鳄鱼标本：这是它三千年来头一回重新沐浴在阳光下。

1858 年，一只野兔在花园里安营扎寨；居斯塔夫不许人杀它。

1866 年，居斯塔夫独自和一小盆金鱼吃饭。

1867 年，宠物狗（没有名字，也不知品种）被耗子药毒死。

1872 年，居斯塔夫得到了猎犬朱利奥。

注：如果我们要完整记录下居斯塔夫以主人身份豢养的活物，那还得再记下一笔，1842 年 10 月他身上生了一次毛虱。

在上面列出的这些宠物中，我们唯一掌握确切信息的就是朱利奥。1872 年 4 月，福楼拜夫人逝世；偌大的房子里只剩下居斯塔夫一人，他"孑然一身"地在大桌前吃饭。9 月，他的朋友埃德蒙·拉波特要送他一只猎犬。福楼拜有些犹豫，担心染上狂犬病，但最终还是接受了。他给这只狗起名为朱利奥（是用来纪念朱丽叶·赫伯特？——随你怎么想吧），并很快就喜欢上了它。在那个月的月底，他写信给外甥女，说他唯一的消遣（在他拥抱施莱辛格夫人的纽芬兰犬的三十六年后）就是抱抱他"可怜的狗"。"它的沉静和美让人艳羡。"

这只猎犬成了他在克鲁瓦塞的最后伴侣。一个不可思议的组合：身材臃肿、不爱活动的小说家和苗条敏捷的猎狗。朱利奥的私密生活开始成为福楼拜书信里的重头戏：他说这只狗和附近的"一个年轻人"完成了"贵庶通婚"。主人和宠物甚至同时生病：在1879年春，福楼拜患了风湿病，腿脚肿了，而朱利奥也染上了不明犬病。"它完全就和人一样，"居斯塔夫写道，"它所做的微小动作，具有深刻的人性。"人和狗都康复了，艰难地熬过了这一年。1879年到1880年的冬天出奇地冷。福楼拜的管家用一条旧裤子给朱利奥改了一件外套。他们一起度过了这个冬天。福楼拜死在了春天。

后来狗的情况未见记载。

3）象征的狗。包法利夫人有一只狗，是一个猎场管理员送给她的，她的丈夫曾治好了此人的胸部感染。它是 une petite levrette d'Italie，即一只母的意大利小猎犬。所有的福楼拜译者都不放在眼里的纳博科夫将此翻译成"威比特犬"。无论这从动物学角度上看是否正确，他肯定漏译了动物的性别，而这一点在我看来很关键。这只狗的意义不算核心……它算不上是象征物，也不完全是譬喻；倒可称之为一种修辞。爱玛得到这只狗时，还和查理住在托斯特：那时的她刚刚在内心萌发出不安分的冲动；那时的她感到厌倦和不满，但还没有陷入堕落。她带着猎犬散步，有大半段写到这个动物，此处篇幅不长却写得甚妙，它变得不仅仅是一只狗。"起初她的思绪漫无目的，就像她绕着圈跑的猎犬，跟着黄色的蝴蝶吠叫，追着田鼠，啃着玉米地边上的玉米。然后，她的思绪逐渐集中起来，直到她坐在一块草地上，用阳伞的尖头戳着地，不断地喃喃自语：'天哪，我为什么要结婚？'"

这是狗的第一次亮相，算是精巧的插曲；后来，爱玛抱着它的头亲吻（就像居斯塔夫亲吻尼禄或萨勃那样）：这只狗神情忧郁，她和它说着话,仿佛它像一个需要安慰的人。她在说话,换言之(在两种意义上),也是在自言自语。第二次提到这只狗,也是最后一次。查理和爱玛从托斯特搬到永镇——这段旅程标志着爱玛从梦想和虚幻到现实和堕落的转变。也要注意一下与他们同乘一辆马车的旅客:勒侯先生,此人的名字带着反讽意味,他是卖小饰品的,偶尔还放高利贷,正是他最终让爱玛掉入陷阱(经济上的堕落,也同样标志着她的性堕落)。在路上时,爱玛的猎犬跑掉了。他们花了大半个小时吹着口哨寻找,后来还是放弃了。勒侯先生殷勤地胡编乱造来安慰爱玛:他用故事来告诉她,有些狗会不畏远途想方设法回到主人身边;甚至还有一只狗,大老远从君士坦丁堡跑回了巴黎。至于爱玛对这些故事的反应,书中没写。

那只狗后来的下落,同样也未见记载。

4)溺亡的狗和幻想的狗。1851年1月,福楼拜和杜康在希腊。他们去了马拉松[1]、厄琉西斯[2]和萨拉米斯[3]。他们遇到了莫兰迪将军,此人是一个军事冒险家,曾在迈索隆吉翁[4]作战,他义愤填膺地否认了英国贵族,那些人说拜伦在希腊道德不端。"他是一个了不起的人。"将军告诉他们,"他就像是阿基里斯。"杜康记录了他们去温泉关[5]的情

---

1 古希腊雅典东北方的一个小镇,是公元前490年希腊战胜波斯的战场。

2 古希腊东部的一座城市,位于雅典附近。

3 希腊雅典以东的萨尔尼科湾一岛屿。

4 希腊西部一城市,英国浪漫主义诗人拜伦死于此城。

5 希腊中东部狭窄通道,它是公元前480年斯巴达与波斯人交战失败之处,附近有温泉,并由此而得名。

形,并在战场上重读了普卢塔克[1]。1月12日,他们动身前往伊柳塞拉岛——两个朋友、一个翻译,还有雇来做保镖的武装警察——此时天气变得很糟。大雨如注;他们正在穿越的平原成了一片汪洋;警察的苏格兰梗犬突然被水冲走,淹死在汹涌激流中。后来雨变成了雪,天也黑了下来。积云遮蔽了星星;他们陷入彻底的孤立无援中。

一小时接着一小时过去了,他们的衣服褶缝里积满了厚厚的雪;他们迷路了。警察朝天开了几枪,但也无人回应。他们浑身湿透,寒冷难忍,眼瞅着就要在这个糟糕的地方骑在马鞍上过夜。警察为苏格兰梗犬的死而难过,而那个翻译——这个家伙眼睛很大,像龙虾一样双目突出——这一路上根本一无是处;甚至连一顿饭都做不好。他们小心翼翼地骑行,使劲睁大眼睛,寻找远方的灯火,这时警察喊了起来,"停住!"一只狗正在远处某个地方吠叫。翻译这个时候才展现出他唯一的本事:学狗叫。他开始一个劲地叫着。当他停下来时,他们一听,果然有狗在回应。翻译又学狗号叫起来。他们缓缓前行,每次停下时就学狗叫几声,然后等着回应,并以此定位方向。循着愈发响亮的乡村狗吠声,他们走了半个小时,最终找到了过夜的落脚处。

那个翻译后来的情况就未见记载了。

注:要不多说一句,居斯塔夫日记中记录了一个不同版本的故事。他对天气的描写是一致的;他记下的日期也对;他也说了那个翻译不会做饭(此人总是做羊肉和白煮鸡蛋,逼得他中午就吃干面包)。但奇怪的是,他并没有提到在战场上读普卢塔克的事。警察的狗(在

---

1 古希腊传记作家和哲学家。

福楼拜的版本中,此狗的品种不详)并不是被急流卷走的;它是掉进深水里淹死的。至于说那个学狗叫的翻译,居斯塔夫只记录说,当他们听见村子里的狗在远处吠叫,他就命令警察朝天开枪。那狗也对着吠叫;警察又开枪;他们就是靠着这种更普通的方式,朝着落脚处一点点靠近。

至于真相如何,未见记载。

5　真巧！

在英国中产阶级那些读书人扎堆的地方，每次只要出现什么巧合，旁边就会有人议论说："这就像安东尼·鲍威尔[1]的风格。"通常只要稍加查证，就会发现这种巧合其实不值一提：一般而言，它可能就是两个中学或大学时的相识，隔了几年后不期而遇。但鲍威尔这个名字被用来赋予这个事件一种合法性；颇有点像是找牧师来为你的汽车祈福。

　　我并不太喜欢巧合。它们有些诡异：那一瞬间，你觉得自己一定是生活在上帝操纵的有序宇宙中，他本人在背后监督，还扔给你一些含混的线索，帮你感受万物宿命的存在。我更宁愿认为世界是混沌而任性的，它的疯狂既永恒又短暂——去感觉人类无比确定的无知、残忍和愚昧。"无论还将发生什么，"福楼拜在普法战争爆发时写道，

1　英国小说家，著有长篇巨作《随时间的音乐起舞》。

"我们的愚蠢是改不了了。"这仅仅是自负式的悲观？或是在人们能够恰当地思考、行事或写作之前，对期待的一种必要抹杀？

我甚至不喜欢那些无害而且有趣的巧合。我曾去参加一个饭局，发现到场的其余七人都刚刚读完《随时间的音乐起舞》。我并不乐意这样：尤其是因为我在奶酪[1]上桌之前都未能插上嘴。

至于书中的那些巧合——这种写作手法总有点廉价和滥情；它在美学上难免显得华而不实。行吟诗人总能刚好路过树篱边的打斗去英雄救美；狄更斯小说中的恩主们总能突然但又适时地出现；发生在异国海滩的海难总能让同胞和爱人重逢。我曾当着一位诗人的面批评这种懒惰的写法，此人据说善于巧妙押韵。"也许，"他亲切而倨傲地说，"你的思维中太缺乏诗意了吧。"

"但毫无疑问，"我得意地反驳道，"一个不诗意的大脑不正是散文作品最好的判官吗？"

假如我是虚构作品的独裁者，就会禁止作家使用巧合。噢，也许并非一概禁止。在浪子冒险题材的作品里，可以允许巧合；那是它们的归属地。继续，拿去用吧：让打不开降落伞的飞行员降落在草垛里，让那个腿上长了坏疽的善良穷人发现埋藏的宝藏——没事，这根本不重要……

让巧合合法化的一种方式，当然，就是管它们叫反讽。聪明人就是这么干的。反讽毕竟是现代模式，是寻求共鸣和机智的酒友。谁会反对它呢？但有时我心想，最富于机智和共鸣的反讽，难道不就是外

---

1 "cheese course" 是法餐中在主菜之后和甜品之前上的一道菜，主要由奶酪组成。

观漂亮、内有底蕴的巧合吗？

　　我不知道福楼拜怎么看待巧合。我本希望他在那本尖锐反讽的《庸见词典》中有一个相关的特色词条，但它直接从 cognac（干邑白兰地）跳到了 coitus（交媾）。即使如此，他对反讽的热爱是很明显的；这是他最具现代风格的特征之一。在埃及，他高兴地发现 almeh，即英文中"bluestocking"（女才子）这个词，逐渐失去了这层最初含义，而开始意指"妓女"。

　　反讽与讽刺作家是否共生呢？福楼拜当然是这么想的。1878 年伏尔泰逝世百年的纪念活动是由梅尼涅的巧克力公司操办的。"那个可怜的老天才，"居斯塔夫评论说，"反讽从来就没饶过他。"它也一直让居斯塔夫不得安宁。当谈及自己时，他写道，"我容易招惹疯子和动物"，也许他还应该加上"反讽"。

　　以《包法利夫人》为例。埃内斯特·皮纳德以淫秽为名起诉此书，这位鼓噪者还曾因带头状告《恶之花》而享有恶名。在《包法利夫人》官司了结几年后，皮纳德被发现匿名写了一本称颂男性阳具的诗集。这让小说家觉得特别可笑。

　　再以此书自身来举例。书中两件最让人难以忘怀的事情，一是爱玛在窗帘紧闭的马车里的偷情之旅（这一段话让卫道士们最为诟病），二是小说的最后一行字——"他刚刚获得了荣誉军团勋章"——这证实了资产阶级对于药剂师赫麦的推崇。福楼拜之所以想到拉上帘子的马车，似乎源自他自己在巴黎的古怪举止，那时的他特别想躲着不见露易丝·科莱。为了不让人认出来，他坐马车无论去哪都喜欢拉上帘子。于是，他用来保持自我纯洁的手段，后来被用于帮助他的女主人公纵情欲海。

而赫麦获得的荣誉军团勋章,正好情况相反:生活抄袭并戏仿了艺术。在福楼拜写完《包法利夫人》之后不到十年,这个布尔乔亚的死对头和痛恨政府的反动派,竟然同意接受荣誉骑士勋章。所以,他人生篇章的最后一行如鹦鹉般模仿了自己杰作的结尾:在他的葬礼上,一队士兵到场在棺木上方鸣枪致敬,为这个国家最不可思议、最讽刺刻薄的骑士举行了传统的告别仪式。

如果你不喜欢这些反讽,我还有别的。

1. 金字塔上的黎明

1849 年 12 月,福楼拜和杜康登上了胡夫金字塔。他们前一天夜里就睡在金字塔旁边,早上五点就起来,以确保能在日出前到达塔顶。居斯塔夫用一个帆布桶接水洗了脸;一只豺狗在号叫;他用烟斗吸着烟。然后,两个阿拉伯人推着他,另两个拽着他,他就这样慢慢地顺着金字塔的巨石,笨拙地爬到了顶端。杜康——为斯芬克斯像照相的第一人——早就已经到了。在他们前方,尼罗河沐浴在雾霭中,宛如白色的大海;在他们身后,黑色的沙漠就像凝固的紫色海洋。最后,一缕橘色的光出现在东方;渐渐地,他们前方白色的海变成了一片巨大绵延的肥沃绿色,而身后的紫色海洋则变成了闪亮的白色。升起的太阳照亮了金字塔最上方的石头,福楼拜低头看着脚下,发现那里钉着一张小名片。上面写的是"亨伯特,弗罗托",还有一个鲁昂的地址。

这是一个多么精准的反讽。也是一个现代主义的瞬间:正是在这种相互交流中，日常的平庸篡改了崇高的伟大，而对于这种崇高，我们总爱以主人的姿态将之视为这个乏味无趣时代的典型之物。我们感谢福楼拜捡起了它；某种意义上，直到他看了名片，这个反讽才得以存在。其他游客也许只是把这张名片当成废纸——它本可以留在原地，图钉会慢慢生锈，一直持续很多年；但福楼拜使之具有了反讽的功能。

假如我们想求个解释，不妨更进一步看看这件小事。19 世纪最伟大的欧洲小说家竟然在金字塔上被引荐给了 20 世纪最臭名昭著的小说主人公[1]，这难道不会是引人注目的历史巧合？ 刚和开罗公共浴室男孩鬼混完的福楼拜身上还湿着，居然就撞见了纳博科夫笔下那个勾引未成年美国少女之人的名字？ 而且，这个不像亨伯特·亨伯特那样叠名的人是什么职业？ 他是一个 frotteur，法语的字面意思是"打磨工"；但也指那些喜欢在人群中擦蹭下体的性变态。

事情还没完。现在来谈谈关于这个反讽的反讽。根据福楼拜的旅行笔记，原来这张名片并不是弗罗托先生本人钉在那儿的；它其实是满脑鬼点子的马克西姆·杜康放的，他在蒙蒙亮的夜里冲在最前，布下了这个测试朋友敏锐度的小小圈套。获悉了这一点，我们的反应也随之有了变化：福楼拜笨拙缓慢，容易被人猜透心思；在现代主义粉墨登场之前，杜康已成为现代主义的智者、花花公子、恶搞者。

但让我们继续往下读。假如看了福楼拜的书信，我们会知道在此事发生后的几天，他给母亲写信谈及了这个发现所带来的异常惊奇。

1　指《洛丽塔》中的亨伯特·亨伯特。

"真气人啊,我特意把那张名片一路从克鲁瓦塞带了过去,却没有将它放在那里!这个坏蛋利用了我的健忘,在我的折叠帽底发现了这张无比贴切的名片。"所以,这事就更奇怪了:福楼拜离开家时,已经为这一特殊效果做了准备,它日后会成为他世界观的一大特色。反讽会繁衍;现实会日益模糊。那么,出于好奇问一下,为什么他要把折叠帽带到金字塔去呢?

2. 荒岛唱片 [1]

居斯塔夫曾回想在特鲁维尔度过的暑假——那时已经有了巴尔贝船长的鹦鹉,但施莱辛格夫人的狗尚未出现——那是他生命中少有的一段宁静时光。在他二十五六岁时的秋天,他对露易丝·科莱讲述往事:"我生命中最棒的事情,就是在特鲁维尔海边思考、读书和看日落,还和朋友(阿尔弗雷德·勒·普瓦特凡)一连聊上五六个钟头,可他现在已经结婚,不属于我了。"

在特鲁维尔,他遇到了格特鲁德·科利尔和哈里特·科利尔,她们是一位英国海军武官的女儿。两人似乎都迷恋上了他。哈里特送给他一幅自己的肖像画,后来它被挂在克鲁瓦塞的壁炉架上方;但他其实喜欢的是格特鲁德。她对他的感情也许在几十年后她写的一篇文字中可以猜到端倪,那时居斯塔夫已经去世了。她采用了浪漫主义小说的风格,人物用的是化名。她自豪地说:"我对他的爱,炽热而深情。时间过去了很久,但我再未感觉到当时占据我灵魂的那种崇敬、

1　BBC(英国广播公司)在1942年开始推出的一档节目,深受欢迎。

爱情和惧怕。我有种预感，我永远不可能成为他的……但是我知道，在我内心的最深处，我是那么真挚地热爱、尊敬和服从他。"

格特鲁德的美好回忆也许不过是幻想：毕竟还有什么能比一个死去的天才和少年时代的海滩假期更让人浮想联翩？但也许它是真的。居斯塔夫和格特鲁德几十年来一直远远地保持着联系。他曾送给她一册《包法利夫人》（她对他表示谢意，但又说这本小说"丑陋可憎"，还引用了《费斯特斯》的作者菲利普·詹姆斯·贝利的话告诫他，即作家有责任给予读者道德教育）；在特鲁维尔的初遇四十年后，她去了克鲁瓦塞看他。她年轻时代那位英俊的金发骑士如今已谢顶，满脸通红，嘴里只剩下几颗牙。但骑士之风却未见衰老。"我的老朋友，我的青春，"他后来给她写信说，"在漫长的岁月里，虽然我不知你身在何方，但没有一天不想起你。"

在那段漫长的岁月中（更准确地说，是1847年，也就是福楼拜向露易丝回忆特鲁维尔日落之后的一年），格特鲁德已经发下誓言要去热爱、尊敬和服从另一个人：一个叫查尔斯·坦南特的英国经济学家。福楼拜渐渐成为欧洲著名的小说家，格特鲁德自己也将要出一本书：她爷爷的日记，名叫《大革命前夜的法国》。她死于1918年，享年九十九岁；她有一个女儿，叫多萝西，嫁给了探险家亨利·莫顿·斯坦利。

在斯坦利的一次非洲之行中，他和伙伴们遇到了困境。这位探险家不得不逐步抛弃所有的非必需品。从某种意义上，这是一个反转的真实版《荒岛唱片》游戏：非但没有人提供装备补给以更好地在热带地区生存下来，斯坦利还不得不丢弃东西求生。书籍显然是多余的，他开始扔书,直至剩下两本书,这也是《荒岛唱片》所有嘉宾都配备的两本书,它们被视为文明社会的最低保障品:《圣经》和莎士比亚。斯坦利的第三本书,也就是他在陷入绝境前扔掉的一本书,是《萨朗波》。

3. 棺材的巧合

福楼拜在写给露易丝·科莱那封关于夕阳的信中流露出的疲惫与虚弱,其实并非刻意的假装。毕竟,1846年是他父亲和妹妹卡罗琳相继去世的一年。"多可怕的一所房子!"他写道,"就像个地狱!"居斯塔夫整夜地守护在妹妹遗体旁:她穿着白色婚纱躺在那里,他在边上坐着读蒙田。

在入葬的早晨,他与躺在棺木中的她最后一次吻别。三个月以来,这是他第二次听见砰砰作响的平头钉靴子爬上木楼梯来抬尸体。那天几乎没法哀悼亡者:现实中的种种事务总是不断掺和进来。要剪掉卡罗琳的一绺头发,要在她的脸和手上取石膏模:"我看见那些蠢蛋用爪子摸她,给她脸上盖上石膏。"但是葬礼上少不了这些粗俗之辈。

去往墓地的路以前走过,很熟悉。在墓穴边,卡罗琳的丈夫情绪崩溃了。居斯塔夫看着棺材降下去。突然,它卡住了:这个坑挖得太窄。挖墓工人扶住棺材,推了几下;他们朝着不同方向拉了拉,转了转,用铲子拍了拍,又用撬棍往上抬了抬;但它就是不动。最后,其中一个人将脚踏在棺木上,脚的正下方就是卡罗琳的脸,然后用力将棺材踩进了墓穴。

居斯塔夫用那个石膏脸做了半身雕像;它被放在书房最显眼的地方,一直陪伴他工作,直到1880年自己也在这所房子里去世。莫泊桑帮忙装殓好尸体。福楼拜的外甥女提出要按照传统给作家取一个石膏手模。但这一点没能实现:因为临终前的剧痛,他的拳头握得太紧了。

送葬队伍出发了,先是去康特勒的教堂,然后去纪念公墓,那儿有一队士兵鸣枪致意,算是对《包法利夫人》最后那句话的荒唐注解。讲了几句致辞后,棺木被放下。它也卡住了。这一次宽度计算是正确的;但掘墓工人在长度上挖得不足。蠢人的后代们徒劳地摆弄着棺材;但他们既无法将之塞进去,也没法把它挪出来。经过了尴尬的几分钟后,致哀的人们慢慢散去,留下福楼拜歪斜地卡在墓穴里。

诺曼人这个民族以小气而出名,显然他们的掘墓工也不例外;也许他们憎恨多铲一寸草皮,而且从1846年到1880年一直将这种憎恨作为职业传统保持着。也许纳博科夫在写《洛丽塔》前读过福楼拜的书信。也许亨利·莫顿·斯坦利对福楼拜非洲小说的崇拜并不那么令人吃惊。也许有些内容在我们读来觉得是残忍的巧合、圆滑的反讽或勇敢超前的现代主义手法,但其实在当时则是另一码事。福楼拜把亨伯特先生的名片从鲁昂大老远带到了金字塔。这是要为他自己的敏感性情做一个滑稽宣传,还是打趣沙漠那满是沙砾、无法打磨的地表? 或者仅仅是拿我们开涮?

6 爱玛·包法利的眼睛

让我告诉你我为什么讨厌批评家。并不是因为那些寻常的缘故，诸如说他们是失败的创作者（他们通常并不算是；他们也许是失败的批评家，但这是另一码事）；诸如说他们生来就很挑剔、嫉妒和自大（他们通常并非如此；如果非要找碴，也许更恰当的做法是责怪他们过于慷慨，将二流作品擢升到一流，以使他们自己的品鉴能力显得更稀罕）。不，我之所以讨厌批评家——嗯，有些时候吧——是因为他们写出了像这样的句子：

　　福楼拜并不像巴尔扎克那样用客观的外部描写来塑造人物；事实上，他对于人物的外貌非常粗心大意，以至于有一次他把爱玛的眼睛说成棕色（14）；另一次说成深黑色（15）；还有一次又说成蓝色（16）。

这段精确而令人沮丧的指责,来自已故的伊妮德·斯塔基博士[1],她是牛津大学法国文学的荣休高级讲师,也是福楼拜那本最为详尽的英语传记的作者。她文中的数字指的是脚注,在注释里她巨细无遗地指出了各种引文的出处。

我曾经听过斯塔基博士的讲座,我要很高兴地提一下,她有着可怕的法国口音;她讲课的那种方式充满了女教师私塾课堂的自信,绝对不堪入耳,有时是无趣的正确,有时又变成滑稽的错误,而且通常发生在同一个词上面。当然,这并没有影响她在牛津大学执教的能力,因为那个地方直到最近都还喜欢把现代语言当成死亡之物:这让它们显得更令人尊敬,更像拉丁语和希腊语那般遥远而美好。即便如此,一个靠法国文学吃饭的人居然能把这门语言中最基本的词汇读得那么惨不忍闻,完全不像是她所研究的对象和主人公们(也可以说是她的衣食父母)最初读出这些词的样子,这一点还是让我特别吃惊的。

你也许会认为这是对一个已故女批评家的廉价报复,不过是因为她指出了福楼拜对于爱玛·包法利眼睛的描写不靠谱。但是我不赞同那句警言活人不记死人过[2](别忘了,我是以医生的身份来说这番话);当一个批评家对你说这番话时,你的恼怒是不容小觑的。这种恼怒并不是针对斯塔基博士,至少起初不是——如他们所言,她只是在做分内之事——而是冲着福楼拜。这么说来,那个呕心沥血的天才作家甚至连他最著名的人物的眼睛颜色都无法给出一致说法?哼。然后,你又不能总生他的气,于是就迁怒于批评家了。

1　牛津大学学者,法国文学专家。

2　原文为拉丁文。

我必须承认，我读《包法利夫人》这么多遍，从未留意女主人公有着彩虹般的眼睛。我本应该留意的吗？你们呢？也许我太过于注意一些斯塔基博士错过的东西（虽然我暂时想不到这些东西究竟是什么）？换一种说法吧：是否存在完美的读者，全面的读者？斯塔基博士解读的《包法利夫人》是否包含了我在读此书时的全部反应，并且比这还要多得多，以至于从某方面来说，我的解读完全无足轻重？我希望不是如此。我的解读也许在文学批评史上是无足轻重的；但就愉悦性而言，它并非无足轻重。我无法证明普通读者比专业批评家更能享受书籍，但我能告诉你我们比他们占优势的一点。我们懂得遗忘。斯塔基博士这类人被记忆所折磨困扰：他们所教和所评论的书永远都不能从他们头脑中褪色。他们成了一家人。也许这就是为什么有些批评家在谈论研究对象时，会渐渐产生一种施恩保护的淡淡口吻。他们的做法，就仿佛福楼拜、弥尔顿或华兹华斯是坐在摇椅上的无趣的姑婆子，身上满是变了味的脂粉气息，而且只对过去感兴趣，多年来从未讲过任何新鲜的东西。当然，这是她的家，所有住在那里的人都不用交租；但即使如此，当然这也不假，不过，你想想……时间呢？

　　然而，普普通通却饱含激情的读者可以忘却；他可以离开，与其他作家暗通款曲，然后又委身回来。家庭生活永远也不会干扰到这种关系；它也许时有时无，但一旦存在，总是会很强烈。它不像那些日久生怨的乏味同居关系。我绝不会语带疲惫地提醒福楼拜记得晾挂浴室的防滑垫，或用厕所的马桶刷。而这正是斯塔基博士忍不住要做的事情。嘿，我想大声说，作家并非完人，就如同丈夫和妻子也不可能完美无缺那样。唯一不变的法则是，假如他们看似完美，那肯定也不是真的。我从来没觉得我妻子是完人。我爱她，但我从不自欺欺人。我记得……不过，还是下次再说这事吧。

我倒是又想起了另一个曾经参加的讲座，那是几年前在切尔滕纳姆[1]文学节上。讲座人是剑桥的教授，叫克里斯多弗·里克斯，课讲得非常精彩。他的秃顶锃亮；他的黑皮鞋锃亮；他的讲座也是非常锃亮。讲座主题是"文学之误以及它们是否重要"。譬如，叶甫图申科[2]在他一首关于美国夜莺的诗中显然犯了一个愚蠢错误。普希金对于舞会上该穿何种军队制服错得很离谱。约翰·韦恩[3]弄错了广岛投弹的飞行员。纳博科夫——这倒是令人惊讶——对洛丽塔这个名字的发音解释是错的。还有些别的例子：柯勒律治、叶芝和勃朗宁就是其中几位，他们被发现分不清泥夹板和手锯，或者根本一开始就不知道什么是手锯。

有两个例子让我特别吃惊。第一个是关于《蝇王》的重要发现。用皮基的眼镜重新取到火，这是小说中的著名片段，而威廉·戈尔丁犯了一个光学上的错误。事实上，他完全弄反了。皮基是近视眼；他在这种情况下佩戴的眼镜是不可能用来聚光取火的。不管你怎么拿着眼镜，它都无法汇聚太阳光线。

第二个例子是《轻骑兵进击》。"进入死亡谷 / 六百骑兵奔驰"。丁尼生在读完《泰晤士报》的报道后，很快就写下了这首诗，当时报道中还用了"有人犯下大错"的措辞。他还依照了早先的报道，上面提

---

1 英格兰西南部城市。

2 俄国诗人。

3 英国作家。

到了"六百零七个骑兵"。但后来参加这次作战（它被卡米耶·鲁塞称为那次可怕血腥的奔驰 [1]）的人数被官方修正为六百七十三。写成"进入死亡谷 / 六百七十三骑兵奔驰"呢？好像不太对劲。也许可以凑数写成七百——虽然还是不太精确，但至少比六百准确吧？丁尼生考虑了这个问题，最后还是决定按照原先的写法："六百要比七百（我觉得）在音韵上好得多，故不改。"

不用"六百七十三"、"七百"或"大约七百"来取代"六百"，在我看来根本不算什么错误。戈尔丁所出的光学纰漏，从另一方面看，则肯定要算是错误。接下来的问题是：它重要吗？就我所记得的里克斯教授的讲座内容而言，他的论点是假如文学在事实层面不牢靠，那么就很难去运用反讽和幻想这样的手法。假如你不知道什么是真实的，或者怎样才意味着真实，那么非真实的价值，或者刻意为之的不真实，就会不那么重要。在我看来，这是一个非常有道理的论点；虽然我确实好奇它究竟适用于多少文学错误的实例。对于皮基的眼镜，我觉得（1）除了眼科医生、眼镜制造商和戴眼镜的英文教授，很少有人注意到这一点；（2）如果他们确实注意到了，也只是引爆这个瑕疵——就像控制引爆一枚小炸弹那样。而且，这种引爆（它发生在偏远的海滩，只有一只狗做见证）不会烧毁小说的其他部分。

像戈尔丁犯的这种错误是"外部错误"——属于书中声称的状况和我们现实已知的情形不相符；通常它们仅仅说明作者缺乏具体的技术知识。这种罪过是可以原谅的。可是，当作者在自身创作内部

1　原文为法语。

出现自相矛盾,这样的"内部错误"又该怎么说呢?爱玛的眼睛是棕色的,爱玛的眼睛是蓝色的。天哪,这只能归结于水平不济,归结于粗心的文学习惯。我曾经读过一本评价颇高的小说处女作,其中那个叙事者——该人不仅不懂风月之事,而且还是法国文学的业余爱好者——以滑稽的方式演练如何以最佳方式亲吻姑娘而不至于遭到拒绝:"以一种缓慢、充满欲求、难以抗拒的力量,将她渐渐地拉向你,而此时你凝视着她的眼睛,仿佛你刚刚得到了一本曾被查禁的初版《包法利夫人》。"

我当时觉得这句话写得相当干净利落,甚至还颇有趣。唯一的问题是,根本不存在所谓的"曾被查禁的初版《包法利夫人》"。这本在我看来还算是著名的小说最初是连载刊登在《巴黎评论》[1]上;然后它因淫秽而被起诉;只是在无罪判决后,才以书的形式发行出版。我估计这个年轻的小说家(在这里说出他的名字似乎不太厚道)当时想的是《恶之花》"被查禁的初版"。当然,他小说再版时会改掉这个错误;假如能有第二版的话。

棕色的眼睛,蓝色的眼睛,这是否重要?如果要问作家自相矛盾是否重要,那答案是否定的;但是,她的眼睛究竟是何种颜色这一点是否重要?当小说家们不得不提及女人的眼睛时,我替他们感到可悲:他们几乎别无选择,不管决定用哪种颜色,都不可避免会带来一些陈词滥调的含义。如果她的眼睛是蓝色的:天真和诚实。如果是黑色的:激情和深刻。如果是绿色的:狂野和嫉妒。如果是棕色的:可靠

1　*Revue de Paris*,法国的一本文学刊物,创刊于1829年,1970年停刊。

和理性。如果是蓝紫色的：那这部小说是雷蒙德·钱德勒写的。你一旦这么做，怎么都免不了给女士的性格添一笔多余的注解。她的眼睛是土黄色；她的眼睛随着佩戴的隐形眼镜不同而变幻光泽；他从来没有看过她的眼睛。好吧，随你怎么写。我妻子的眼睛是蓝绿色，要说起这个话可就长了。而且我怀疑作者在私下里坦诚交心时，也许会承认对眼睛的描写没什么意义。他逐渐想象人物，赋予她形状，然后——也许这是最后一步——在空空的眼窝里塞进一双玻璃眼。眼睛？哦，对，她最好得有双眼睛，他如是思考着，礼貌中带着倦意。

布瓦尔和佩库歇在研究文学时发现，当一个作家犯了错，他们就会不再尊敬此人。更让我吃惊的，反倒是作家为什么犯的错如此之少。列日主教[1]比历史上早死了十五年：这让《昆廷·达沃德》失去价值了吗？这不过是一个小过错，可以扔给评论家们讨论。我看到小说家站在一艘海峡渡轮的船尾护栏边，从三明治中取出一点点软骨肉，喂给那些盘旋的海鸥。

我当时距离伊妮德·斯塔基太远，没法看到她眼睛的颜色；关于她，我能记得的是她穿得像个水手，走起路来像个橄榄球前锋，有着一口糟糕的法国口音。但我还要告诉你另一件事。这位牛津大学法国文学的荣休高级讲师、萨默维尔学院的荣誉院士，以其"对波德莱尔、兰波、戈蒂埃、艾略特和纪德等作家生平和作品的研究而闻名"（我引自她书的腰封；当然，是第一版），曾为《包法利夫人》的作者奉献了两部大著和多年光阴，正是她选择了"一个无名画家所绘的居斯

1　英国历史小说家司各特的小说《昆廷·达沃德》中的人物。

塔夫·福楼拜"肖像画作为首卷的扉页插图。这是我们第一眼看到的东西;也可以说,斯塔基博士就是从那一刻开始向我们介绍福楼拜。唯一的问题是,画中人不是他。那是路易·布耶的肖像画,就连克鲁瓦塞看门人这种水平的人都不会搞错。所以,当我们停下笑声后,该对此事做何解?

也许你还是会认为,我不过是在报复一个无法自辩的已故学者。好吧,也许我是在报复。但是,谁来监督监督者? [1] 让我告诉你点别的事。我刚重读完《包法利夫人》。

有一次他把爱玛的眼睛说成棕色(14);另一次说成深黑色(15);还有一次又说蓝色(16)。

我觉得,这一切的教育意义在于:不要害怕脚注。下面就是福楼拜书中六次提到的爱玛·包法利的眼睛。显然这是一个对他而言很重要的主题:

1.(爱玛第一次出现)"如果说她美丽的话,那还是她的眼睛:虽然眸子是棕色的,但在睫毛衬托之下,好像变成乌黑的了……"

2.(结婚初期,恩爱的丈夫对她的描述)"她的眼睛在他看来显得更大了,特别是当她一连几次睁开眼皮,欲醒未醒的时

1　原文为拉丁文,语出罗马讽刺诗人尤维纳利斯。

候;在阴影中眼珠是黑色的,在阳光下却变成了深蓝,仿佛具有一层层深浅不同的颜色,越靠里色泽越深,越接近表面的珐琅质就越淡。"

3.(在一次烛光舞会上)"她的黑眼睛显得更黑了。"

4.(初次遇见莱昂)"她用那双睁得大大的黑眼睛使劲盯着他看……"

5.(在室内,当罗多夫第一次仔细端详她,她在他眼里的样子)"她的黑眼睛。"

6.(晚上,爱玛在屋里照镜子;她刚刚被罗多夫引诱)"她的眼睛从来没有这么大,这么黑,也从来没有如此深邃。"

批评家又是如何说的呢? "福楼拜并不像巴尔扎克那样用客观的外部描写来塑造人物;事实上,他对于人物的外貌非常粗心大意,以至于……"福楼拜煞费苦心地确保他的女主人公要像犯下通奸悲剧的妇女那样,有着一双稀罕而复杂的眼睛,而斯塔基博士草率地低估了他。两者对比,倒是有趣。

为了确保万无一失,还有最后一件事。我们最早关于福楼拜的大量信息是源自马克西姆·杜康的《文学回忆录》(阿歇特出版社,巴黎,1882—1883 年,两卷):这本书爱嚼舌根,充满了自夸和自辩,并不牢靠,但还是颇具历史价值。在第一卷的第 306 页(雷明顿出版公司,伦敦,1893 年,译者未知),杜康非常详细地描写了爱玛·包法利的原型。他告诉我们,她是鲁昂附近蓬-勒古的一位卫生官员的第二任妻子:

这位第二任妻子并不漂亮;她个子很小,头发暗黄,脸上长满了雀斑。她虚假做作,看不起自己的丈夫,认为他是一个傻瓜。她身上长得丰腴雪白,骨架虽小,但很会打扮,在她举手投足间,透着一种灵活和浪劲,就像是鳗鱼。她的声音粗俗,带着下诺曼底的口音,但语调颇让人受用,她的眼睛颜色不定,随着光线变成绿、灰、蓝,眼神中的那种恳切从未离开过她的眼睛。

　　斯塔基博士似乎并不知道还有这样一段让人茅塞顿开的话。总而言之,对于一个曾以各种方式为她煤气费买单的作家,这样的疏忽是十分傲慢的。简而言之,这让我极为愤怒。现在你知道我为什么讨厌批评家了吧? 我可以试着向你描述此刻我眼里的神情;但是因为愤怒的缘故,眼睛的颜色大大地改变了。

7 渡过海峡

听！啦嗒啦嗒啦嗒啦嗒。接着——嘶——在远处。法嗒法嗒法嗒法嗒。再来一遍。啦嗒啦嗒啦嗒啦嗒——法嗒法嗒法嗒法嗒。11月的轻柔海浪，让吧台那边的桌子相互发出金属撞击的响声。旁边的桌子不断地滑过来；当某个无声的律动在船上传递开去，就会出现短暂停顿；然后船的另一侧会传来一个更轻柔的应声。呼叫和回应，呼叫和回应；就像是笼子里的一对机械鸟。请听这其中的规律：啦嗒啦嗒啦嗒啦嗒，法嗒法嗒法嗒法嗒，啦嗒啦嗒啦嗒啦嗒，法嗒法嗒法嗒法嗒。它讲述的，是连续性，稳定性，相互依赖性；但如果风向和潮水一有改变，就可能终止这一切。

船尾的弧形窗户上溅了水花；透过其中一扇窗户，你可以看到一组巨大的起锚机和一根浸透水的绳子，就像软塌塌的通心粉。海鸥早就已经放弃了这艘渡轮。它们呱呱叫着，跟着我们离开纽黑文，瞅了一眼天气，发觉散步甲板上没有三明治包装袋，就扭头飞回去了。可谁又能怪它们呢？它们本可以一路跟随我们，飞四个小时去迪耶普[1]，并寄希望能借着信风的劲儿飞回来；但那样的话就得花上十个小时。现在，它们正在罗廷丁[2]某个湿漉漉的足球场上挖虫子吃呢。

在窗户下面，有一个写着两种语言的垃圾箱，上面有个拼写错误。最上面一行是 PAPIERS[3]（法语听起来多么有派头："驾照！身份证！"就像是发号施令一样），下面的英文翻译是 LITTERS。多了一个辅音，一切都变得不同。福楼拜第一次看见自己上广告——作为即将在《巴黎评论》连载的《包法利夫人》的作者——他的名字被拼成了 Faubert。"如果有天我正式登场，一定要全身披盔甲。"他如此夸下海口；但全身盔甲也保护不了腋窝和腹股沟。正如他向布耶指出的那样，在《巴黎评论》上他的名字与一个讨厌的商业双关语只差一个字母：Faubet 是黎塞留大街一个杂货商的名字，就在法兰西剧院的对面。"我还没露面呢，他们就把我活剥了。"

我喜欢在旅游淡季横渡海峡。当你年轻时，会喜欢那些俗气的月份，喜欢旺季的人潮。等你年纪大了，就学会喜欢那些中间时段，那些犹疑不决的月份。也许，这是在承认世事难定。或者，也许这不过是承认自己喜欢空荡荡的渡轮吧。

酒吧里不超过六个人。其中一个人伸直了身子躺在长软椅上；桌子发出的响声，如催眠曲一样催出了他的第一声呼噜。在一年的这个时候，没有学校派对；电子游戏机、迪斯科舞厅和电影院都没动静；甚

1　法国地名，位于英吉利海峡法国东北部的港口城市。

2　布莱顿附近的海滨小镇。

3　此处拼错了，应该是法语"papier"，"垃圾"之意，不需要加复数s。

至连酒吧招待的聊天都听不见。

这是我近期第三次做这样的旅行。11 月,3 月,11 月。只是为了去迪耶普住一两个晚上:虽然有时候我带上汽车,并开到鲁昂去。虽然时间不长,但足够换换环境了。这就是改变。比如说,从法国这边看过去,海峡上的光线很不一样:更清晰,但变化更加无常。天空就是变幻无穷的剧场。我并没有将这一切浪漫化。去看看诺曼底海岸的艺术馆,你会发现那些当地画家们喜欢反反复复画些什么:北方的景色。一片海滩,大海,以及充满波澜的天空。那些聚在黑斯廷斯、马盖特或伊斯特本的英国画家,盯着暴戾、乏味的海峡,从来画不出同样的东西。

我并不是为了这片光线才去的。我是为了那些再次见到才会想起的东西。他们剃肉的方式。他们药店的严肃认真。他们孩子在餐厅的行为。路上的标识(据我所知,只有法国会警告司机小心路上的甜菜:我曾经见过一个红色的三角警示牌,上面写着甜菜 [1],配图是因打滑而失控的汽车)。布杂式建筑 [2] 风格的市政厅。在路边那些白垩酒窖里品酒。还可以接着说很多,但已经够了,否则我就要喋喋不休地讲椴树、法式滚球、用面包蘸口感粗糙的红酒吃——他们称之为 la soupe à perroquet,即鹦鹉汤。每个人都有自己的清单,看别人开列的就会立刻觉得虚荣而矫情。我有次读到一个清单,题为"我的最爱"。上面写道:"沙拉,桂皮,奶酪,甘椒,杏仁膏,刚收割的干草气息

1　原文为法语。

2　一种混合型的建筑艺术形式,主要流行于 19 世纪末和 20 世纪初,其特点为参考了古代罗马、希腊的建筑风格。强调建筑的宏伟、对称、秩序性,多用于大型纪念建筑。

（你还想继续读下去吗？）……玫瑰，牡丹，薰衣草，香槟，散漫的政治信念，格伦·古尔德……"这个单子出自罗兰·巴特，和所有清单一样，它还不止这么长。有的东西你也喜欢，但有的就会让你生厌。在"梅多克葡萄酒"和"换个环境"之后，巴特列出了《布瓦尔和佩库歇》。好的；不错；我们继续读。接下来是？"穿着凉鞋走在法国西南部的小巷里。"这足以逼你一路开车到法国西南部，然后去巷子里撒上一些甜菜。

我的清单上有药店。在法国，药店总是显得很专情。它们不会采购沙滩球、彩色胶卷、水下呼吸器或防盗报警器。售货员知道自己的职责，绝不会在结账时向你兜售麦芽糖。我对他们言听计从，仿佛他们是会诊医师。

我和妻子曾经去过蒙托邦的一家药店，要买一包创可贴。他们问，干什么用。埃伦拍了拍脚后跟，新凉鞋的带子在那里磨出了水疱。药剂师从柜台后走了出来，让她坐下，像恋足狂那样温柔地脱下她的凉鞋，检查了她的脚后跟，用纱布做了清洗，然后站起身，一脸严肃地转向我，仿佛有什么事情应该避着我妻子。他轻声解释道："先生，那是一个水疱。"我想，当他卖给我创可贴时，赫麦[1]的精神犹在。

赫麦的精神：进步，理性，科学和欺骗。"我们必须和时代一起大步前进"几乎是他说的第一句话；他一路前行，直到获得"法国荣誉军团勋章"。爱玛·包法利死时，她的尸体由两个人守护：一个是牧师，另一个是药剂师[2]赫麦。他们分别代表了古老和新近的正统思想。这

1　《包法利夫人》中的药剂师。

2　原文为法语。

就像一尊 19 世纪的寓言式雕塑：宗教和科学一起看护着罪孽的尸体。此情此景就像出自 G. F. 瓦茨[1] 的一幅画。只不过区别是，牧师和科学人士都在尸体旁睡着了。起初他们的结合不过是个哲学错误，但很快两人的鼾声相互唱和，就形成了更深层次的统一。

福楼拜并不相信进步：尤其不相信道德进步，而这是至关重要的。他生活的时代是愚蠢的；因为普法战争而带来的新时代甚至会变得更蠢。当然，有些事情会有变化：赫麦精神将占据上风。很快，所有长着内翻足的人都将有权接受一次导致截肢的错误手术；但那意味着什么？"民主的全部梦想，"他写道，"就是把无产者的愚蠢提升到资产阶级所处的水准。"

这句话常常令人感到不安。它说得挺公允的，不是吗？在过去的百年，无产者在资产阶级的虚假伪善里接受了教育熏陶；而对自己的统治地位日益感到不自信的资产阶级，已经变得愈发阴险狡诈。这是进步吗？如果你想见识一下现代的愚人船，仔细研究一下载满乘客的海峡渡轮就好了。看看他们的蠢态：有的算计着自己免税商品的利润；有的在酒吧里大肆饮酒；有的玩着老虎机；有的漫无目的地在甲板上转悠；有的盘算着在海关究竟要做何种程度的坦白；有的在等船员们发出下一道指令，仿佛穿越红海就要倚仗于此。我并没批评谁，我只是在观察；如果所有人都倚着栏杆，欣赏着水面上的波光荡漾，开始谈论布丹[2]，不知道我又会做何感想。顺便说一下，我也没什么两样：我囤了不少免税商品，和其他人一样等待着指令。我的论点其实很简

1　英国画家。

2　法国早期风景画家。

单：福楼拜是对的。

　　软长椅上的胖货车司机正在打鼾，就像一个帕夏[1]。我给自己又拿了一杯威士忌；我希望你别介意。只是想提提神，给你讲……什么？关于谁的事？我心里有三个故事争着要蹦出来。一个是关于福楼拜，一个是关于埃伦，一个是关于我自己。我的故事是这三个中最简单的——它几乎就只是一个证明我活着的有力证据——但我觉得这个最难开头。我妻子的故事更复杂，也更迫切；但我也不想讲那个。把最好的留在最后吧，就像我早先说过的那样？我并不这么看；真要说起来，其实我的看法正好相反。但在我讲她的故事之前，我希望你有所准备：换句话说，我希望你已经对书籍、鹦鹉、失落的信件、熊这些有了足够多的了解，还包括伊妮德·斯塔基博士的看法，甚至还有杰弗里·布拉斯韦特博士的观点。书籍不是生活，无论我们多么希望它们就是生活本身。埃伦的故事是真实的；也许这正是为什么我要给你们讲福楼拜的故事。

　　你也等着听我自己的故事，对吧？现如今，大家都这样。人们认定你的一部分归他们所有，不管相互的熟悉程度有多么低；如果你胆子大到敢写一本书，这就把你的银行户头、病历记录、婚姻状况放到了公共领域，想撤回来都没门。福楼拜不同意这么干。"艺术家必须想方设法让后人相信自己从未存在过。"对有信仰的人来说，死亡摧毁了肉身，却解放了精神；对艺术家来说，死亡摧毁了个人，却解放了作品。不过，这也只是理论而已。当然，理论常常也会出错。看看发生

1　古代奥斯曼帝国高级官员的一种头衔。

在福楼拜身上的事吧：在他死后一个世纪，萨特就像一个肌肉发达、迫不及待的救生员，花了十年时间给他做胸脯按压和人工呼吸；用十年时间试图将他唤醒，这样他就能坐在沙地上，让他知道自己究竟怎么看他。

那么，人们现在是怎么看他的呢？他们是如何想他的？一个耷拉着胡子的秃头男人；克鲁瓦塞的隐士，一个说过"包法利夫人就是我"的人；不可救药的唯美主义者，痛恨资产阶级的布尔乔亚？自信满满的睿智片语，现成的摘要概述，专为那些匆忙之人准备。福楼拜对于人们理解上的懒惰和匆忙毫不惊讶。他一时兴起，就写了一整本书（或者说，一个完整的附录）：《庸见词典》。

用最简单的话说，他的词典就是一个目录，收入的全是陈词滥调（**狗**：上帝专门造它来拯救主人性命。狗是人类最好的朋友）和恶搞定义（**小龙虾**：雌性龙虾）。此外，它还是一部伪忠告手册，既关于社会生活（**点火**：点蜡烛时记得说"要有光"[1]），也和美学有关（**火车站**：通常令人想入非非；引用时将它们作为建筑典范）。有时候，词典的解释方式充满狡黠和逗趣；有时候，又非常一本正经，以至于你自己都会半信半疑（**通心粉**：用意大利的烹饪方式做这道菜，就要用手抓着吃）。它读起来就像是一位满肚子坏水的叔叔准备的坚信礼赠品，专门写给胸怀大志、品行端正的少年。如果你仔细研读这本词典，就永远不会说错话，不过也别指望能做对什么（**戟**：当你看到云层变厚，切记要说："如戟大雨将至。"在瑞士，所有男人都佩带戟。**苦艾酒**：极强的毒药，喝一

1　原文为拉丁文，出自《圣经·创世记》。

杯你就会死。喝这种酒的，通常是写稿的记者。因它致死的士兵比流浪汉多。）

福楼拜的词典提供了一门反讽课程：你可以看见他逐个词条的运用反讽，深浅各不相同，就像海峡对面的画家，用画笔加涂一层水彩，让天空颜色变深。这让我跃跃欲试，想去编一本关于居斯塔夫本人的《庸见词典》。只编一本短的：一个暗藏机关的袖珍指南；一本正经，却满纸荒唐。人间智慧的药丸，但有些药丸里装着毒药。这既是反讽的魅力，也是它的危险：它让作者看似从自己作品里缺席，但实际上却隐约在场。你可以拿着蛋糕吃掉；唯一的问题是，你会变胖。

我们在这本新词典里会怎么谈论福楼拜呢？我们也许会把他归类为一个"资产阶级的个人主义者"；是的，那样听上去颇为自命不凡，也很不诚实。这一性格总结并没有因为福楼拜痛恨资产阶级而动摇根基。那么，"个人主义者"或类似的定位准确吗？"在我的艺术理想中，我认为一个人不应该显露自己的这种理想，而且艺术家不应该再出现在自己的作品里，就像上帝在自然中的存在那样。人是微不足道的，艺术品才是一切……我会很乐于说出自己的想法，并用这些话来疏解居斯塔夫·福楼拜先生的感情；但前述这位先生到底有何重要之处呢？"

这种对作者离场的要求还有更深的含义。一些作家表面上赞同这个原则，却暗地里从后门溜入，用高度个人化的风格去棒击读者。这样的谋杀进行得完美无缺，只是遗留在犯罪现场的棒球棍上沾上了指纹。福楼拜不一样。他相信风格；比任何人都信。他兢兢业业地写作，追求美感、宏亮、精确；他追求完美——但绝不像王尔德那样的作家,追求形式花哨的完美。风格是主题的一种功能。风格并非强加于主题之上,而是从中生发出来。风格如同思想中的真理。正确的单词、恰当的短语、完美的句子总是存在于某个地方;作者的使命就是想尽一切办法找到它们。对有些作家来说,这不过就像是去一趟超市,往筐里装满东西;对另一些作家而言,它意味着在希腊的平原上迷路,陷入黑夜和雨雪,只能通过某个独门绝招,譬如学狗叫,才能找到所寻觅的东西。

在这个讲究实用和知识的世纪,我们很可能会觉得这样的雄心壮志有些老土(呃,屠格涅夫曾说福楼拜幼稚)。我们不再相信语言和现实能如此步调一致地"匹配"——实际上,我们很可能认为语言造出了世界,就如同世界造出了语言。但假如我们认为福楼拜幼稚或——更可能的是——失败,就不应该居高临下看待他的严肃或张扬的孤独。毕竟,这是巴尔扎克和雨果的世纪,一端是绚烂艳丽的浪漫主义,另一端则是喜用格言说教的象征主义。在这样一个充斥着聒噪人物和夸人风格的世纪里,福楼拜却刻意为之地藏起自己,这种特点也许可以概括为以下两者之一: 古典风格或现代风格。回首 19 世纪,或展望 20 世纪后期。当代批评家们狂妄地将所有的小说、戏剧和诗歌重新归类为文本——把作者送上断头台! ——这些批评家不该轻易忽略福楼拜。在一个世纪之前,他就在经营文本,否认自己个体的重要性。

"一本书的作者应该就像宇宙中的上帝,他无所不在,却又无处得见。"当然,在我们的时代,这一点被严重误读了。看看萨特和加缪。他们告诉我们,上帝死了,所以上帝般的小说家也死了。全知是不可能的,人的知识是片面的,所以小说也必须片面。这听起来不仅冠冕堂皇,而且很有逻辑。但确实如此吗?别忘了,小说不是发源自上帝信仰萌生的年代;而且,那些笃信全知叙事者的小说家,和笃信全知造物者的人并没有太大关联。我认为乔治·艾略特和福楼拜是相似的。

更关键的是,19世纪小说家自诩的神性不过是一种技术手段;现代小说家对有限视角的运用也不过是一种技巧。当一个当代叙述者犹豫不决、闪烁其词、理解错误、故弄玄虚或犯下过失,读者就会断定现实得到了更真实的表达吗?当作家给自己的小说提供两个不同的结尾(为什么是两个?而不是一百个?),读者就会诚心诚意地想象自己"获得了选择权",并认为这个作品反映了生活中的世事难料吗?这样的"选择"并不真实,因为读者被迫去接受两个结局。在生活中,我们做出决定——或者,被动接受决定——然后选择其一;假如我们做出不同决定(就像我曾经告诉妻子的那样;但是我觉得她并不能欣赏我的智慧),我们可能就是另一种结局。有两个结局的小说并不能复制现实:它只是把我们带到两条岔路;我认为,这是一种立体主义。这倒也无所谓;但是请不要自欺欺人地对其中的人为技巧视而不见。

假如小说家们真的希望模拟人生的诸多变数,他们就应该这么干。在书的背面放上一套各种颜色的封口信封。每个信封外面都清楚标明:传统的幸福结局;传统的悲惨结局;传统的半喜半悲结局;"神从天降"式结局;现代主义式的任意结局;世界末日式结局;悬而未决的结局;梦幻结局;含糊结局;超现实主义结局;等等。你只能选其中一种,没有选择的信封必须要毁掉。我所说的让读者选择结局就应该是那样;但你也许会觉得我太死板较真了。

至于说到犹豫不决的叙述者——你看，恐怕你眼前遇到的这位就是。也许因为我是英国人。你已经猜到，至少——我是英国人了吧？我……我……请看上面的海鸥。我先前没有发现它。它借着滑流飞行，期待着从三明治里掉下来的小软骨。嗨，我希望你不会觉得这很粗鲁，但是我真的想去甲板上转转；酒吧这里太憋闷了。我们返程时再在船上见面吧？周四，两点的渡轮？我肯定更喜欢那个时候。好吗？什么？哦，不，你不能和我一起去甲板。看在上帝的分上。而且，我要先去趟厕所。我不能让你跟着我去那里，从旁边的厕位窥看我。

我道歉；我不是那个意思。两点钟，在酒吧，渡轮起航时？哦，最后再说一句。格兰德街的奶酪店：一定要尝尝。店名好像叫勒鲁。建议你买布里亚-萨瓦兰奶酪[1]。你在英国买不到好的，除非自己从法国带回来。它们要么保存温度太低，要么就注射了化学物质，以延缓奶酪的成熟速度。也就是说，如果你喜欢奶酪……

我们如何抓住过去？如何抓住发生在外国的过去？我们读书、学习、提问、记忆，我们很谦卑；然后一个偶然的细节改变了一切。福楼拜是一位巨人；他们都这么说。他比所有人身材都高大，就像身材魁梧的高卢酋长。然而，他只不过六英尺高：这是他本人提供的权威数字。他算是高大，但并不是巨人；实际上，他比我矮，当我在法国时，从没觉得自己像高卢酋长那样鹤立鸡群。

1　产自法国的奶牛奶酪，名称得自著名的美食家萨瓦兰，是一种味道独特、由口味浓郁的三种奶油组成的高脂肪食品。

所以，居斯塔夫是一个六英尺高的巨人，这个世界因为该知识而缩水了一点点。巨人并不那么高大（那么侏儒也因此更矮了吗？）。那些胖子：他们会因为矮小而不那么肥胖吗？于是为了看上去肥胖，你需要更小的肚子；或者，他们会因为长了同样的肚子，但支撑身体的骨架更小，而更肥胖吗？我们如何能知道这些琐碎而重要的细节？我们可以花几十年时间来研究档案，但我们常常会禁不住摊开手，宣告说历史不过是另一种文学体裁：过去是自传体小说，却假装成议会报告。

我在墙上挂了鲁昂的一小幅水彩画，出自亚瑟·弗雷德里克·佩恩（1831 年生于莱斯特的纽瓦克，艺术生涯从 1849 年至 1884 年）之手。画中展现了从邦斯库尔教堂墓地望去的城市风景：桥，塔尖，蜿蜒流过克鲁瓦塞的河。此画作于 1856 年 5 月 4 日。福楼拜是在 1856 年 4 月 30 日写完《包法利夫人》的：就在克鲁瓦塞，我可以戳戳手指，指着两道随意的水彩长线条之间。如此近，但又如此远。那么，这就是历史吗——一个敏捷、自信的业余画家的水彩画？

我不确定对过去该信些什么。我只想知道那时是不是胖子更胖，疯子更疯？在鲁昂疯人院有一个疯子叫米拉博，主宫医院的医生和医学院的学生都听说过他，因为他有一种特别的天赋：为了一杯咖啡，他愿意和解剖台上的女尸性交。（这杯咖啡是让他更疯癫，还是更清醒？）但是，有一天米拉博却成了孬种：据福楼拜的记载，当面对一个被砍掉脑袋的女人时，此人铩羽而归。毫无疑问，大家给了他两杯咖啡，多加了糖，一杯白兰地？（无论是怎样的死人，没脸绝对不行，这说明他变得更清醒了，还是更疯癫了？）

如今，我们不允许使用疯癫这个词了。真是疯了。我敬重的几个精神病医生总喜欢谈论疯子。使用短小精练但却真实的字眼。我会说死亡，濒死，疯癫和通奸。我不会说谢世，过世，罹患绝症（噢，他到终点站¹了？哪一站？尤斯顿，圣潘克勒斯，还是圣拉扎尔车站？），人格紊乱，乱搞，偷腥，她总是出门去看她姐姐。我会说疯癫和通奸，这就是我的措辞。疯癫这个词发音很到位。它是一个普普通通的词，它告诉我们疯狂这种东西如何像送货员一样登门找你。可怕之物往往普通。你知道纳博科夫在《包法利夫人》的讲座里如何谈论通奸吗？他说，这是"超越凡俗的最凡俗的方式"。

毫无疑问，所有的通奸史都会引用爱玛在奔驰的马车里受引诱的一幕：它可能是整个19世纪最著名的出轨。你会觉得读者很容易想象这样真切的场景描写，并且做出正确理解。确实如此。但其实也很容易犯下一些小小的错误。我引用一下G. M. 马斯格雷夫，他是一位素描画家、旅行家、回忆录作家，还是肯特郡博登的牧师：他著有《牧师、钢笔和铅笔，或，忆1847年夏天赴巴黎、图尔和鲁昂的短途旅行（附图）；含〈法国农业备忘录〉》（理查德-本特利出版社，伦敦，1848年），以及《诺曼底漫游记，或卡尔瓦多斯素描采风之旅中的风景、人物和事件》（大卫-博格出版社，伦敦，1855年）。在后一本书的第522页，马斯格雷夫牧师正在鲁昂旅游——他称之为"法国的曼彻斯特"——此时的福楼拜正在艰苦地创作《包法利夫人》。他对这个城市的描述包括以下内容：

1　终点站"terminal"也有患绝症的意思。

我刚刚提到了马车。我想,停在那儿的马车是欧洲同类交通工具中最低矮的。当我站在路上的马车旁,可以轻松地将手放在车顶。它们这种小马车制造精良,干净整洁,挂着两盏漂亮的车灯;它们就像"大拇指"汤姆[1]马车那样"穿梭"于街头。

于是,我们的观点突然变得不同了:那次著名的引诱也许发生在比我们先前料想的更为拥挤的地方,也没那么罗曼蒂克。据我所知,这条信息尚未出现在对这部小说浩如烟海的评注中;我在这里抱着谦卑之心提供这条线索,供专业学者参考。

高大,肥胖,疯癫。然后,还有色彩。当福楼拜为写《包法利夫人》调研时,他花了整整一下午,透过彩色玻璃来观察乡间景色。他看到的就是我们现在所见到的吗?也许吧。可是,接下来这个如何解释:1853年,他在特鲁维尔观看海上日落,说它像一个红浆果酱大圆盘。非常生动。但是,1885年诺曼底的红浆果酱是否和现在的颜色相同呢?(有无保留至今的果酱,这样我们就能对照一下?况且,我们如何知道在过去的这些年间它的颜色没有改变?)就是这样的事情让你觉得闹心。我决定给百货公司写信咨询此事。和其他与我通信的人不同,他们很快就答复了。他们的回复给了我一颗定心丸:红浆果酱是一种高纯度果酱,虽然1853年产的鲁昂果酱也许不像现代产品这般透明,因为他们用的是未加提纯的糖,但果酱的颜色差不多是

---

1 英国民间故事中的一位英雄,身高只有拇指大小。

一模一样的。所以，至少这一点没问题：现在我们可以放心大胆地想象那个日落了。但是你懂我的意思吗？（至于我的其他问题：假如有那么一罐果酱真的保存到现在，也很可能会变成褐色，除非完全密封保存在一个干燥通风的漆黑房间。）

乔治·M. 马斯格雷夫牧师虽然说话喜欢跑题，但有敏锐的观察力。他是一个说话颇有些浮夸的人（"关于鲁昂的文学声名，我注定要说一些溢美之词"），但是他对细节的锱铢必较，却使之成为一个有用的信息源。他发现法国人钟情于韭菜，却厌恶下雨。他见了谁都盘问一通：一个鲁昂商人说自己从未听说过薄荷沙司，这让他颇为吃惊；一个埃夫勒的大教堂教士说，法国男人书读得太多了，而女人几乎不读书（哦，像爱玛·包法利这样的实在是罕见！）。在鲁昂，他参观了纪念公墓，正好是居斯塔夫父亲和妹妹在那里下葬后的第二年。他赞许了那种让家庭购买终身保有地的新政策。他还去了别处，考察了一家化肥工厂和生产贝叶挂毯的地方，以及卡昂的疯人院，1840 年美男子布鲁梅尔 [1] 就是逝世于此（布鲁梅尔疯了吗？仆从们对他印象深刻：他们说，好孩子 [2]，只喝兑一点葡萄酒的大麦水）。

马斯格雷夫还去了吉布雷的游乐会，那里有一个畸人秀，名字叫"法国最胖的男孩"：艾马布勒·茹万，1840 年生于埃尔布莱，现年十四岁，门票为四分之一便士。这个胖男孩有多胖？我们这位游历广泛的素描画家并没有亲自进去，并用笔记录这个年轻的奇特人物；但是牧师一直等在外面，看一位法国骑兵付了四分之一便士，进入帐篷

1　英国摄政王时期著名的美男子和花花公子。

2　原文为法语。

里观看,出来时嘴巴里说着"一些非常精彩的诺曼词语"。虽然马斯格雷夫并没有去问这个士兵究竟看见了什么,但他的印象是"那位艾马布勒并没有胖到参观者当初满怀期待的程度"。

在卡昂,马斯格雷夫去看了一场赛艇比赛,码头两边站了七千名观众。他们大部分是男人,其中多半是农民,穿着他们最好的蓝色衬衫。合在一起的效果,就是那种浅淡却漂亮的海蓝色。这是一种独特而精确的颜色;马斯格雷夫以前只见过一次,那是在英格兰银行的一个特殊部门,该机构专门焚烧那些被取消流通的钞票。钞票被钴、硅石、盐以及钾碱制成的染色剂处理过:如果你点火焚烧一扎钞票,灰烬就会呈现一种奇特的色彩,那就是马斯格雷夫在卡昂码头边看见的颜色。法兰西的颜色。

随着他旅行的继续,这种颜色与那些粗俗之物的联系就变得愈发清晰了。男人的衬衫和长裤是蓝色的;四分之三的女人的长外衣是蓝色的。马厩和鬃饰是蓝色的;就连马车、乡村的铭牌、农业工具、手推车和水桶都是蓝色的。在很多城镇,房屋呈现出海蓝色,从屋里到屋外。马斯格雷夫禁不住对碰见的一个法国人说"他国家里的蓝色,比我了解的世界上任何一个地方都多"。

我们透过烟色玻璃来看太阳;我们必须透过有颜色的玻璃来看。

谢谢你。祝你健康[1]。我猜你买到奶酪了吧。你不介意我给你一个忠告吧? 吃了它。别把它放进塑料袋,再用冰箱保存起来,留到客

---

1 原文为法语。

人来时再吃；等你还没回过神来，它就已经胀到原来的三倍大，闻起来就像化工厂了。你将要打开袋子，让自己面对一段糟糕的婚姻。

"向公众曝光自己的私生活，这是我一直抵触的资产阶级诱惑。"（1879年）不过，这么说吧。你当然知道我的名字：杰弗里·布拉斯韦特。别漏掉那个字母"I"，否则你就要把我变成巴黎的杂货店老板了。不；我只是开个玩笑。你看。你知道那些登在《新政治家》这种杂志上的私人广告吗？我想我也许会这么写。

> 六十出头的鳏居医生，子女已成年，积极乐观，尽管有忧郁气质，心地善良，不吸烟，业余研究福楼拜，喜欢阅读和美食，喜欢去熟悉的地方旅行，喜欢看老电影，有朋友圈子，但欲觅……

你看出问题来了吧。但欲觅……真的吗？我要找谁？找一个温柔的四十多岁离婚女人或寡妇为伴或结婚？不。找一个成熟女性去乡村漫步，偶尔一起吃饭？不。找一对双性恋夫妇玩有趣的三人行？当然不是。我总是在杂志的底页看到这些饥渴的段落，虽然我从没想过回复它们；我刚刚意识到这其中的原因。因为我不相信它们。它们不是在撒谎——当然，它们都试图显得非常真诚——但它们并没有讲出事实真相。这个栏目扭曲了征友者描述自我的方式。没有人会觉得自己是一个积极乐观、不吸烟但又有忧郁倾向的人，除非是受形式的鼓励和要求。两点结论：首先，你无法通过照镜子来直接定义自我；第二，福楼拜一如既往的明智。风格确实源自主题。尽管那些征友者也许尽了心，但他们总是被形式打败；他们被迫——即使是在需

125

要坦诚展现个性的时刻——违心装扮成一个假人。

你至少可以看见我眼睛的颜色。并不像爱玛·包法利的眼睛那么复杂，对吧？但它们对你有帮助吗？它们也许会误导你。我并不是在忸怩作态；我只是想对你有所帮助。你知道福楼拜眼睛的颜色吗？不，你不知道；原因很简单，我在先前几页故意忍住没说。我不希望你被诱导去得出一个简单的结论。你看，我对你的关心可是无微不至呢。你不喜欢这样？我知道你不喜欢。好吧。根据杜康的说法，居斯塔夫这个高卢酋长，身高六英尺，声如洪钟，有"如同海水一般灰色的大眼睛"。

我有天读莫里亚克[1]的《内心回忆录》，写于他生命即将落幕之时。正是此时，虚荣的最后一些颗粒聚成一个囊肿，自我开始发出可悲的最后呻吟，"记住我，记住我……"；正是此时，人们开始写自传，做一番最后的吹嘘，把那些别人脑中都不复存在的记忆写下来，并且夸大它们的价值。

但这恰恰是莫里亚克不愿意做的事。他写了自己的"回忆录"，但那不是他自己的追忆。我们不用读到他童年学数数、拼单词的游戏，不用读到那个潮湿阁楼里的第一个女仆，不用读到那个镶了金牙、满脑袋故事的神奇叔叔——诸如此类。相反，莫里亚克告诉我们那些他读过的书，他喜欢的画家，他看过的戏剧。他透过别人的作品来反观自己。他对那个恶魔般的纪德咬牙切齿，并由此定义自己的信仰。读他的"回忆录"就像是在火车上遇见一个人，此人说："别看

1　法国小说家，曾获1952年诺贝尔文学奖。

我，这会误导你。如果你真想知道我是什么人，就等着进隧道时，然后观察我在车窗上的倒影。"于是，你等着，看着，然后在以黑墙、电缆和突现的砖头为移动背景的地方，突然瞥见一张脸。这个透明的人影晃动着，跳跃着，总是在几英尺之外。你开始习惯它的存在，随着它一起动；虽然你知道它的存在受条件所限，但就是觉得它是永恒之物。然后，头顶传来一声呼啸，一声吼叫，光迸发出来；这张脸永远地消失了。

哦，你知道，我长着褐色的眼睛；你可对此做一番自由解读。身高六英尺一英寸；头发灰白；身体健康。但关于我，有哪些事是重要的呢？仅仅是我所知道的，我所相信的，我所能告诉你的。关于我的性格，倒没什么重要的。不，这也不对。我是个诚实的人，我最好告诉你这一点。我的目标是讲真话；虽然我想错误也是不可避免的。假如我犯了错误，那至少我在与好人为伍。1880 年 5 月 10 日，《泰晤士报》在其讣告栏里宣称，福楼拜写了一本书，名为《布瓦尔和佩库歇》，而且他"最初选择了父亲的职业，即外科医生"。我手中的《大不列颠百科全书》（第十一版，他们说这是最好的一版）说，查理·包法利是根据小说家的父亲来刻画的。这篇文章的作者，一个缩写为"E. G."的人，原来是埃德蒙·戈斯。我读到这段时有些嗤之以鼻。自从我与埃德·温特顿偶遇之后，留给戈斯"先生"的时间就少了些。

我诚实，可靠。我当医生时，从来没有杀死过一个病人，这也许让你觉得颇有些夸张。人们信任我；他们不管怎样，总是回来找我。我对临终的病人很好。我从来不喝醉——就是说，不会醉得离谱；我从来不会在外科手术时勾搭女人。我听上去像一个完美圣徒。可我不是。

　　不，我没有杀死我的妻子。我也许应该猜到你会这么想。起初，你得知她去世了；然后，过了一会，我说我从没害死过一个病人。啊哈，那你杀了谁？这个问题毫无疑问显得很有逻辑。捕风捉影总是一件容易的事。曾经有一个人名叫勒杜，他居心叵测地声称福楼拜系自杀身亡；他浪费了很多人的时间。我待会儿再和你讲他的事。但是这一切都证明了我的观点：什么样的知识是有用的，什么样的知识是真实的？我要么就向你透露很多信息，让你被迫承认我不可能杀害自己妻子，就像福楼拜不可能自杀一样；要么我就说一句，就这样吧，够了。既来之，则安之。[1]

　　我也许可以玩一下莫里亚克的游戏。我可以告诉你，我是读着威尔斯、赫胥黎和萧伯纳长大的；我喜欢乔治·艾略特胜过狄更斯，甚至连萨克雷也比狄更斯更合我意；我喜欢奥威尔、哈代和豪斯曼，讨厌奥登、斯彭德和伊舍伍德这帮人（把社会主义鼓吹成同性恋法律改革的旁支）；我有生之年不会去读弗吉尼亚·伍尔芙。那些年轻的家伙？当代的？好吧，他们似乎各自都有擅长之处，却没有意识到文学取决于同时做好几件事的能力。我可以就这些话题说个没完；我很乐意说说自己如何看待杰弗里·布拉斯韦特先生的感情，以及用这番话如何疏解他的感情。但是，这位先生又有什么重要的呢？

　　我倒想有种不同的玩法。某个意大利人曾写道，批评家私下里希望杀死作者。这话对吗？某种程度上说，没错。我们都痛恨金蛋。当

_____

1　原文为法语。

一位优秀小说家又写出了一部优秀小说,你会听见批评家们嘀咕说,又是该死的金蛋[1];我们今年还没吃够炒蛋吗?

如果这么讲言过其实,那么应该说很多批评家想当文学的独裁者,想管控艺术的过去,并悄悄地给艺术的未来做出权威规划。这个月,所有人都必须写这个话题;下个月,禁止所有人写那个话题。某某书不可以重印,除非我们同意。这本下流污秽的小说必须立刻悉数销毁。(你觉得我在开玩笑? 1983 年 3 月,《解放报》敦促法国的妇女权利部部长将这些书籍归类为"公然鼓动性别主义仇恨":《巨人传》,《无名的裘德》,波德莱尔的诗,卡夫卡的全部著作,《乞力马扎罗的雪》——以及《包法利夫人》。)即便如此,还是让我们玩玩这个游戏。我先来吧。

1)不允许再写这种小说:书中,一群人受环境所限与外世隔绝,返回到人类的"天然状态"中,成为本真而贫穷、赤裸而狡诈的生物。只需写一个短篇,就能把这种体裁的路堵死,如同瓶子里的软木塞。看我给你写一篇。一群旅行者遭遇了海难或空难,流落到某个地方,但肯定是荒岛。其中一个人,他身强体壮,不招人喜欢,但有一把枪。他强迫其他人都住在一个他们自己挖的沙坑里。他每隔一段时间就带出一个犯人,将他或她用枪打死,然后吃掉尸体。这种食物很美味,他都吃胖了。当他打死并吃掉最后一个囚犯时,他开始担心接下来该吃什么;但幸运的是,此时来了一架水上飞机,把他救了出去。他告诉

1　此处暗指西方谚语"kill the goose that lays golden eggs",意思是"杀死对自己有利可图的东西"。

全世界，他是最初那次海难的唯一幸存者，靠着吃野果、树叶和树根才活了下来。世人对他良好的身体状况惊叹不已，然后素食店的窗上都张贴有他照片的海报。真相永远石沉大海。

你看，写起来很容易，也很好玩吧！这就是我为什么要取缔这种体裁的缘故。

2）不允许再写乱伦小说。不行，甚至是趣味拙劣的那种也不能写。

3）不允许写以屠宰场为背景的小说。我必须承认，目前这还是一个相当小众的文类；但我最近发现短篇小说中越来越多地出现了屠宰场。必须扼杀在萌芽之中。

4）二十年内禁止写以牛津或剑桥为背景的小说，十年内禁止以其他大学为题材的小说。不禁止以工科大学为背景的小说（尽管也不予以拨款补贴）。不禁止以小学为背景的小说；十年内禁止中学题材小说。部分禁止成长小说（每位作者只允许写一部）。部分禁止以历史现在时写的小说（同样，每位作者只允许写一部）。完全禁止以记者或电视主持人为主人公的小说。

5）对以南非为背景的小说实行配额制。此政策的初衷是遏制旅行团式的巴洛克风格和过度反讽的蔓延。啊，低贱的生命和高贵的原则，宗教和贼匪，巨大的荣誉和随意的残忍，它们总是如影随形。

啊,在翅膀上产卵的戴吉利[1]鸟;啊,根长在树枝顶端的弗里多纳树,它的纤维帮助驼背人通过心电感应让庄园主那个悍妻怀孕;啊,歌剧院已经变成草木丛生的树林。请允许我轻拍一下桌子,低声说句"通过!",以北极和南极为背景的小说将获得创作资助。

6a)不允许描写人类与动物之间发生肉体关系的场面。譬如,女人和海豚之间的温柔交欢如同一个象征,大大地修补了那些让世上伴侣得以和平相伴的纤细联结。不,这样的东西都不让写。

b)不允许描写男人和女人(你也许会说,像海豚那样的)在淋浴时发生肉体关系的场面。我主要是基于美学的考虑,但也有医学的因素。

7)不允许在小说中写那些发生在英帝国遥远角落的小型战争,在这些被遗忘的战争里,我们首先了解到的是英国人普遍的邪恶,其次是战争的无比肮脏。

8)不允许在小说中用首字母来指代叙述者或任何人物的身份。然而,他们依旧屡教不改!

9)不允许再写那些实际上是关于其他小说的小说。不允许写某小说的"现代版"、改编版、续集或前传。不允许凭着想象去续完那些

---

1 古巴地名。

作者死时未竟的作品。相反,每个作家都被颁发一个彩色羊毛织成的绣品,挂在壁炉的上方。上面写着:织你自己的东西。

10)二十年内禁止写上帝;或者说,禁止以寓言、隐喻、暗指、间接、晦涩和含糊的方式来写上帝。总是看护着苹果树的大胡子园丁长;从不妄下结论的睿智老船长;你尚未真正认识却在第四章令你感到毛骨悚然的人物……把这些人统统扔进仓库,一个不留。只允许上帝作为一个可被证实的神灵而存在,这个神为我们人类的僭越感到无比震怒。

那么我们该如何抓住过去呢?当往日渐行渐远,它还能清晰可见吗?有人认为是的。我们会知道得更多,会发现新的资料,可以使用红外线来穿透信件中被涂抹的内容,而且还摆脱了作家那个时代的偏见;所以我们会理解得更好。果真如此吗?我很怀疑。以居斯塔夫的性生活为例。多年来,人们认为这头克鲁瓦塞之熊仅仅是和露易丝·科莱在一起时才爆发出熊性——"她是福楼拜一生中唯一重要的感情篇章。"埃米尔·法盖[1]声称。但后来人们又发现了埃莉萨·施莱辛格——居斯塔夫心中那个用砖墙封堵起来的宫殿,那团缓缓燃烧的火焰,那段从未得以实现的少年激情。接下来,更多的书信进入人们视野,然后是埃及的日记。他的生活开始与各种情妇瓜葛不断;布耶的房中事被公之于众;福楼拜自己则承认喜欢开罗的浴室男宠。最

1　法国作家、批评家。

后,我们看到了他肉欲的全貌;他男女通吃,各种性爱都体验过。

但别急。萨特宣称居斯塔夫从来就不是同性恋;只是他在心理上是被动的,具有阴柔之气。他与布耶的小插曲只是一个玩笑,是男人之间奔放友谊的边缘产物:居斯塔夫一生中从未有过一次同性性行为。他说他做过,可这不过是吹嘘和编造:布耶想听开罗的荤段子,然后福楼拜就编了那些话。(我们对这种解释信服吗?萨特指责福楼拜喜欢臆想。我们是否也可以同样指责萨特?莫非他喜欢的那个福楼拜是胆小的布尔乔亚,拿着自己不敢犯的罪愆开一通边缘玩笑,而不是喜欢那个胆大妄为、恣情声色的福楼拜?)与此同时,我们也倾向于改变对施莱辛格的看法。现在的福楼拜拥趸们相信,他们俩最后发生了肉体关系:可能是在1848年,或1843年的头几个月,后者的可能性更大。

过去是一个遥远而模糊的海岸,我们都在同一艘船上。在船尾的护栏处有一排望远镜;每个都能在特定距离外将海岸清楚显现出来。假如这艘船因为无风而停航,其中一个望远镜就会被一直使用;它似乎告诉了全部的、不变的事实。但这是一个幻象;随着船重新起航,我们就回到了正常的活动中:从一个望远镜跑到另一个望远镜,看着镜筒中的画面失焦,等着另一个镜筒里的模糊变为清晰。而当模糊确实变为清晰时,我们就以为这一切都是靠我们自己实现的。

难道大海和前些天比不是更平静了吗?朝北航行——布丹所见到的光线。对那些非英国的乘客来说,当他们朝着这个尴尬与早餐之国[1]进发,这段旅程可能意味着什么?他们会神经质般的拿浓雾和麦

---

1 此处戏谑英国人的拘谨性格,以及对于早餐的重视。

片粥开玩笑吗？福楼拜觉得伦敦很可怕；他说，这儿找不到法式蔬菜牛肉浓汤，是一座不健康的城市。另一方面，不列颠是莎士比亚的故乡，以思维严谨和政治自由而著称，伏尔泰在这里受到热烈欢迎，左拉也将去这里逃亡。

现在它成了什么？我们的一位诗人不久前称它为"欧洲第一贫民窟"。也许它更像是欧洲首屈一指的大型超市。伏尔泰曾赞扬我们有好的商业观，不趋炎附势，所以乡绅阶层中没有继承权的男性后代就去经商。现在，荷兰、比利时、德国和法国的短途客来到这里，对英镑的疲软很兴奋，迫不及待地走进玛莎百货商店。伏尔泰声称，商业是我们民族之所以伟大的基础；现在，多亏了商业，我国才不至于破产倒闭。

当我开车下船时，总有一种冲动想走海关的红色通关口。我从未携带过超量的免税商品；从未带植物、狗、毒品、生肉或武器入境；但我总想调转方向盘，径直朝着红色通关口驶去。从欧洲大陆归来，却没有什么东西拿出来展示，这总让人感到像是在承认失败。先生，您能读一下这个吗？好的。您看明白了吗，先生？是的。你有任何需要申报的东西吗？是的，我想申报的是一小盒法国流感，我对福楼拜的危险热爱，对法国路牌的天真喜欢，以及向北眺望时对那光的眷恋。这些东西要缴关税吗？应该得缴。

哦，我还买了这块奶酪。是布里亚-萨瓦兰奶酪。我后面的那个人也买了一块。我告诉他在海关对奶酪必须要申报。你得说 cheese[1]。

顺便说一句，我希望你没觉得我在装神弄鬼。如果我招人烦了，

---

1 "cheese"发音时嘴型会和微笑一样，所以照相时人们常说"say cheese"。

这很可能是因为我感到尴尬；我告诉过你，我不喜欢把正脸全露出来。但我确实想给你省点麻烦。神秘化很简单；最难的反而是清晰。什么曲调都不写，这要比写更容易。什么韵都不押，这要比用韵更容易。我并不是说艺术应该如同种子的包装说明书那么清晰；我说的是，假如你知道一个人是故意避免清晰，就会更加信任他的神秘之举。你之所以会那么信任毕加索，就是因为他能像安格尔[1]那样作画。

但什么有用？我们需要知道什么？并非一切。任何事情都会带来困惑。直接明了也会让人困惑。直勾勾盯着你的正面肖像画会起到催眠作用。福楼拜通常在肖像画和照片里避免正眼看人。他看着一旁，这样你就无法捕捉他的目光；同时，他避免直视也是因为他在你背后所看到的东西，要比你的肩膀更有趣。

直接明了会让人困惑。我告诉过你我的名字：杰弗里·布拉斯韦特。这管用吗？有点，至少比"布"或"杰"或"那个人"或"那个奶酪爱好者"这种名字要管用。假如你没见过我，会从这个名字中得出何种推断？中产阶级的职业人士；也许是律师；栖居于松树和帚石楠的乡间；穿黑白斜纹呢做的衣服；那撇胡子暗示——也许是一种伴装——曾有过戎马生涯；有一个理性的妻子；也许周末还会偶尔划划船；喜欢喝杜松子酒胜过威士忌；诸如此类？

我是——曾经是——医生，第一代职业阶层；如你所见，我没有胡子，虽然确实当过兵，我这个岁数的男人都免不了服兵役的；我住在埃塞克斯，一个最没有特色的郡，所以也是最适合作为家乡的地方；喝威

1　法国新古典主义画派的最后一位大师。

士忌,不喝杜松子酒;根本不穿呢子布的衣服;不划船。你看,你的猜测不算离谱,却也不够准确。至于说我的妻子,她并不理性。任何人都不会拿这个词来形容她。他们给软奶酪注射东西,就像我说过的,以防止它们过快成熟。但是它们还是会变熟;这是本性所致。软奶酪会塌下去;硬奶酪更持久。两种都会长霉。

我原本打算把自己的照片放在书的前面。不是虚荣;只是想对人有所帮助。但恐怕这张照片有年头了,大约是十年前拍的。我没有更近期的照片。这是一个规律:过了某个岁数,人们就不再给你拍照了。或者说,他们只是在正式场合才给你拍照:生日,婚礼,圣诞。一个满面红光、兴高采烈的人,在亲朋好友之间高举酒杯——那种证据有多么真实,多么可信? 我二十五岁结婚仪式上的照片会显示出什么? 当然不会是事实真相;所以,即使没这些照片,或许也没什么差别。

福楼拜的外甥女卡罗琳说,在生命的暮年,他曾恨自己没有结婚成家。不过,她的叙述相当简略。他们两人探访了朋友之后,一起在塞纳河边散步。"'他们过得不错。'他对我说。他指的是那种有诚实可爱的孩子的家庭。'是的,'他表情凝重地又自言自语了一遍,'他们过得不错。'我没有去打扰他的思绪,而是在他身旁保持了沉默。这是我们最后一次散步。"

我倒希望她扰乱了他的思绪。他说的是真心话吗? 我们是否应该把这番话当作一个人下意识的妄论? 就如同他身在诺曼底时,会梦想着埃及,而到了埃及,又会思念诺曼底。他是否仅仅是在赞扬他们刚刚拜访过的那家人的出众之处? 别忘了,假如他想称颂婚姻制度本身,完全可以跟外甥女承认自己对独身生活的抱憾,并说:"你过得不错。"当然,他并没有这么做;因为她过得并不好。她嫁给了一个孱弱的丈夫,后来此人破产倒闭,为了保全她丈夫,她让自己舅舅破了产。卡罗琳的例子很有教育意义——在福楼拜看来,这种教育令人扼腕。

她自己的父亲就像她后来的丈夫那样,也是一个软弱之人;居斯塔夫取代了他的父亲地位。在她的《私人日记》中,卡罗琳回忆了她舅舅从埃及返回时的情形,那时她还是一个小丫头:他一天晚上出乎意料地回到了家,叫醒了她,把她从床上抱出来。他哈哈大笑,因为她的睡袍比她的脚长出一大截。他对着她的脸颊用力亲吻。他刚从外面进来:胡子冰凉,还挂着湿漉漉的雾水。她吓坏了,等到他放下了她,才安下心来。这难道不是一段教科书般的描述吗?它讲述的正是离家在外的父亲出乎意料的归来——从战场,从职场,从异国,从情场,从险境中归来。

他很疼她。在伦敦,他带她去逛世博会;这次,他的臂弯将她与汹涌人潮隔开,让她感到幸福安稳。他教她历史:派洛皮德和伊巴密浓达[1]的故事;他教她地理,拿着一把铁铲和一桶水到花园,在那里给她修建教学用的半岛、岛屿、海湾和海岬。她喜欢有他陪伴的童年,这份记忆帮她熬过了成年时的种种不幸。1930 年,当她 84 岁时,卡罗琳在埃克斯莱班[2]遇到了薇拉·凯瑟[3],回忆起八十年前在居斯塔夫书房一角的地毯上度过的时光:他工作,她读书,两人谨守沉默,并以此为傲。"当她躺在角落时,喜欢把自己想象成一个与凶猛野兽同笼的人,那是一只老虎、狮

---

[1] 两人都是古希腊的著名政治人物。

[2] 法国东部城市。

[3] 美国女作家。

子或熊，它吞掉了饲养员，谁要来开笼子，它就会扑过去，但她和这个野兽待在一起时，却'既安全，又得意'，她说这番话时会咯咯笑。"

但是，成年时代的各种必然之事纷至沓来。他给了她并不明智的人生建议，然后她嫁给了一个无能懦夫。她变成了势利眼；她心里想的全是上流社会；最后她试图把自己舅舅从那栋房子里撵走，而她曾在那里获得过人生最有用的教育。

伊巴密浓达是底比斯的一名将军，被认为集所有美德于一身；他在其戎马生涯里杀人无数，却恪守原则，他建立了迈加洛波利斯城邦。当他弥留之际，身边有一个人哀叹他未留下子嗣。他答道："我留下了两个孩子：留克特拉与曼蒂尼亚"——这是他最赫赫有名的两场胜战的战场。福楼拜或许可以做一个类似的声明——"我留下了两个子孙，布瓦尔与佩库歇"——因为他唯一的孩子，他视如己出的外甥女，已经变成了一个满腹牢骚的成年人。对她和她的丈夫而言，他已成了"花钱者"。

居斯塔夫教卡罗琳欣赏文学。我引一句她的话："他认为所有写得好的书都不危险。"让时光流逝七十年左右，在法国的另一个地方有另一个家庭。这次，有一个喜欢读书的男孩，他的母亲，和母亲的朋友，名叫皮卡尔夫人。这个男孩后来写了一本回忆录；我还是引用一下："皮卡尔夫人的意见是，应该允许孩子读任何东西。'所有写得好的书都不危险。'"这个男孩知道皮卡尔夫人经常发表这个观点，于是就故意趁着她在时，央求妈妈让他读一本名声败坏的小说。"可是，假如我的小宝贝在他这个年纪就读那种书，"他妈妈说，"等他长大了还得了？""我会过书里那种生活！"他回答道。这是他童年时最聪明的反驳之一;它被载入了家族史,也为他赢得了——或者我们可以如此猜测——这本小说的阅读权。这个男孩就是让-保罗·萨特。那本书就是《包法利夫人》。

世界进步了吗?或者它只是如渡轮那样来回穿梭?距离英国海岸尚有一小时行程,晴朗的天空就消失了。乌云和雨水护送你回到你的归属地。当天气变化时,船也开始有些颠簸,酒吧的桌子又恢复了金属撞击的交谈声。啦嗒啦嗒啦嗒啦嗒,法嗒法嗒法嗒法嗒。呼叫和回应,呼叫和回应。现在,在我听来它就像是婚姻的最终阶段:分开的两方,被固定在他们自己的地板上,当天开始下雨时,他们扯起了那些日常的闲话……现在不行,现在不行。

佩库歇在研究地质学时,对英吉利海峡底下发生地震的后果做了一番猜测。他的结论是,海峡里的水将涌入大西洋;英国与法国的海岸线会变得不稳定,进而发生偏移并且连到一起;英吉利海峡将不复存在。听到朋友的预测,布瓦尔惊恐地逃跑了。就我自己而言,我认为没必要这么悲观。

你不会忘记奶酪的,对吧?不要让它在冰箱里长满毛。我没问你是否结了婚。代我问候她,如果你有妻子的话。

我想这次我要走红色通关口。我觉得自己需要人同行。马斯格雷夫牧师认为,法国的海关官员[1]举止像个绅士,但英国的海关官员却是泼皮无赖。但我倒觉得,假如你对他们客客气气,他们其实挺有同情心的。

---

1 原文为法语。

8 火车狂热者的福楼拜指南

1）这栋位于克鲁瓦塞的房子坐落在塞纳河边，是一座长长的十八世纪白色建筑，对福楼拜而言它称得上完美。它地处偏远，但靠近鲁昂，所以离巴黎也不远。它足够大，使得他可以拥有一间带五扇窗户的大书房；它又足够小，使得他可以婉拒客人来访，但同时又不显得特别失礼。如果需要的话，他还可以从这里一览无余地眺看过往的人世风情：在阳台上，手举看戏用的小望远镜，追着游船看，船上满载着到拉布耶参加周日午餐会的客人。对这些午餐客而言，他们已经习惯了福楼拜先生本尊[1]，如果看不到他反而会失望，此时的他穿着努比亚[2]衬衣，戴着丝质无边便帽，以小说家的目光回望着他们。

　　卡罗琳曾描述过童年时在克鲁瓦塞度过的静谧夜晚。这是一个奇怪的家庭组合：女孩、舅舅和外祖母——三代人的孤独代表，就像

1　原文为法语。
2　埃及南部和苏丹北区的古老地区。

那种偶尔能见到的拥挤的房子,每层楼只有一个房间。(法国人管这种房子叫 un bâton de perroquet,即鹦鹉的栖木。)她回忆道,三人常常会坐在那个小凉亭的阳台上,看着夜色缓缓而至。在远处的河堤上,他们也许看得到一匹马在曳船道上艰难前行的轮廓;他们或许会听到附近捕鳗鱼的渔夫抛出渔网、悄悄走进小河的隐秘溅水声。

为什么福楼拜医生要卖掉在德维尔的房产,而买下这幢房子呢?按一直以来的说法,这个房子是用作病子的疗养之地,这时小福楼拜刚经历了第一次癫痫发作。但不管怎样,德维尔的房子也会卖掉。从巴黎到鲁昂的铁路正修到德维尔,这条铁路刚好穿过福楼拜医生的地基;一部分地要被强制收购。你可以说居斯塔夫因为癫痫病而被带到了克鲁瓦塞的文学隐地。但你也可以说,他是被铁路赶到了那里。

2)居斯塔夫属于法国最早见证铁路的那一代人;他痛恨这个发明。第一,它是一种丑陋的交通方式。"我在火车上待上五分钟就觉得受不了,以至于腻味得要喊出来。乘客会以为是谁家的狗丢了;但并非如此,是福楼拜先生在哀号。"第二,它带来了晚餐餐桌上的一种新譬喻:铁路般无趣的人或事。因为聊这个话题,福楼拜患上了火车恐惧症[1];1843 年 6 月,他宣称铁路在最无聊的话题榜中位列第三,前两个则是拉法热夫人(一个砒霜投毒犯)和奥尔良公爵(一年前在马车里遭到谋杀)。露易丝·科莱为了使她的诗《普通农民》更具现代

1　原文为法语。

性,让她笔下的让(那个从战场归来、寻找家乡简尼顿的士兵)注意到火车吐出的滚滚黑烟。福楼拜把这一行删掉了。"让根本就不在乎那种玩意,"他大声说道,"我也不在乎。"

但他痛恨的不只是火车本身;他也痛恨它让人们沾沾自喜的进步幻觉。如果没有道德的进步,科学的进步又有什么意义?铁路只是能让更多的人出行会面,然后一起犯傻。在写于十五岁的早年书信中,他列举了现代文明的罪愆:"铁路、毒药、灌肠气泵、奶油馅饼、专利使用费和断头台。"两年后,在他关于拉伯雷的文章中,对这份敌人名单做了修改——除了第一项:"铁路、工厂、化学家和数学家。"他没有再变过。

3)"高于一切的,是艺术。在铁路与诗集之间,我更青睐后者。"

——《私人笔记》,1840 年

4)我觉得,在福楼拜与露易丝·科莱的感情纠葛中,铁路的作用被大大低估了。不妨想想他们关系中的技术性细节。她住在巴黎,而他在克鲁瓦塞;他不肯搬来首都,也不准她去乡下看他。所以他们就在差不多位于两地中间的芒特见面。在大赛尔夫酒店,他们在意乱情迷中度过一两个夜晚。之后,一切都会按下面的方式循环往复:露易丝提议要提早幽会;居斯塔夫推三阻四;露易丝先恳求对方,继而愠怒相逼;居斯塔夫然后不情不愿地让步,同意再次见面。约会的长短刚好足以满足他的欲望,并重燃她的期待。于是,这种充满牢骚的两人三足赛跑就如此进行着。居斯塔夫可曾想到过一个曾经到过此城的人的命运？此人就是"征服者"威廉[1]，他在攻打芒特时从马上摔落受伤，后来死在了鲁昂。

从巴黎到鲁昂的铁路是英国人修建的，于1843年5月9日通车，先于居斯塔夫和露易丝相识不到三年。他们两人去芒特的行程从一天缩短到了几个小时。想象一下，如果没有铁路，一切会大不相同。那样的话，他们将乘坐公共马车或蒸汽轮船出行；他们会旅途辛劳，也许再次相见时就会变得烦躁不安。疲劳是会影响情欲的。但考虑到这些困难因素，也许在见面时双方会有更多期待：时间更久些——也许多待一天——感情投入更多些。当然，这不过是我的理论。但假如说这个时代的电话让通奸变得更容易也更困难（幽会倒是更方便，但也更容易被人管着），那么上世纪的铁路也有类似的效果。（有人做过铁路发展与通奸率提高的对比研究吗？我可以想象乡村牧师们在布道中抨击这个魔鬼的发明，并因此受到嘲笑；但假如确有此事，他们并没说错。）铁路对于居斯塔夫来说是有价值的：他可以不费太多力气地往返芒特；而对如此容易获得的快乐而言，露易丝的怨言也许看上去是合理代价吧。铁路对于露易丝来说是有价值的：居斯塔夫并非真的遥不可及，不管他在信中口气多么严肃；在下一封信里他肯定会同意再次见面，并说两人不过隔了两小时的路程。铁路对于我们来说也是有价值的，正是因为它，我们现在才可以读到那段漫长的欲望浮沉中产生出的书信。

1　威廉一世，诺曼底公爵，英格兰国王。

5a）1846 年 9 月，第一次在芒特见面。唯一的问题是居斯塔夫的母亲。她尚未被正式告知露易丝的存在。事实上，科莱女士不得不将她所有写给居斯塔夫的情书都通过马克西姆·杜康转交，他然后再将之装入新的信封，重新填好地址。福楼拜夫人对居斯塔夫晚上突然不归会有什么反应呢？他会怎么对她说？当然，撒个谎："编个诓骗母亲的小故事"[1]，他就像一个六岁的孩童般吹嘘，然后出发去芒特。

但是福楼拜夫人并不相信他的小故事。那天晚上她不如居斯塔夫和露易丝睡得踏实。某种东西令她感到不安；也许是因为马克西姆·杜康近日潮水般涌来的信。于是，第二天早上，她去了鲁昂车站，她儿子下火车时还带着鱼水之欢时的咸湿，而此刻的她已经在站台上静候了。"她没有说任何指责的话，但她脸上的表情已俨然是世上最严厉的指责了。"

他们谈到了分离的苦涩；但那归家的负罪感呢？

b）当然，露易丝也会玩站台突袭的那一招。她喜欢在居斯塔夫和朋友吃饭时醋意大发地闯入，这一点已经臭名昭著了。她总以为能找到一个情敌；但并没有什么情敌，除非算上爱玛·包法利。有次，杜康写道："福楼拜正要离开巴黎去鲁昂，此时她跑到火车站的候车室，闹得不可开交，以至于铁路官员不得不出面干预。福楼拜很伤心，请求对方放他一马，但她不依不饶。"

1　原文为法语。

6）鲜为人知的一件事是，福楼拜曾经坐过伦敦的地铁。以下引自他 1867 年旅行日记的梗概：

> 6 月 26 日，周一，（在从纽黑文开出的火车上。）一些小车站贴着海报，就像巴黎郊区的车站那样。到达维多利亚车站。
>
> 7 月 3 日，周一。买了一张火车时刻表。
>
> 7 月 7 日，周五。地铁——霍恩西。法默太太……去查令十字街车站打听消息。

他不屑于将英国和法国的铁路做一番比较。这也许是一个遗憾。我们的朋友 G. M. 马斯格雷夫牧师几年前在布洛涅下车时，曾对法国的铁路系统留下了深刻印象："对行李进行接收、称重、标记和付款，这一套流程简单而完美。每个部门的工作都有序、精确而且准时。每个安排都那么文明、舒心（在法国这种舒心真好！），让人感到愉悦；而所有这一切的实现，都避免了帕丁顿那种随处可见的喧嚷或混乱；更不消说的是，二等车厢几乎和我们的头等车厢一样好。如此天壤之别，英国真够丢人的！"

7）"铁路：假如拿破仑当时手中握有铁路，他将是不可战胜的。人们总是如此这般欣喜若狂地谈论这个发明：'我，先生，此刻正与您讲话的我，今天早上还在 × 地……我乘坐 × 点的火车出发；我在那边办完公务；× 点之前就已经回来了。'"

——《庸见词典》

8）我从鲁昂（右岸[1]）坐上火车。车上是蓝色的塑料座椅，用四种语言写着不要把头伸出窗外；我发现，英语在表达这个建议时，比法语、德语或意大利语所用的字数更多。我坐在一个金属镶框的照片（黑白照）下面，照片里是奥莱龙岛的捕鱼船。在我旁边有一对年长的夫妇，他们正在读《巴黎—诺曼底报》上的一篇报道，讲的是一个猪肉贩的疯狂之爱[2]，此人杀害了一家七口人。窗户上有一个我从未见过的小告示贴："Ne jetez pas l'énergie par les fenêtres en les ouvrant en période de chauffage."用英文翻译过来就是"不要将能源扔到窗外"——这种措辞多么不符合英文规范；倒是有逻辑，但同时却不合常理。

你看，我变得善于观察了。一张车票是三十五法郎。行程耗时不到六十分钟：比福楼拜的时代快了一倍。瓦塞勒是第一站；然后是沃德勒伊——一座新城[3]；再就是盖隆（奥伯瓦埃），这里有金万利[4]的仓库。马斯格雷夫说，塞纳河这一带的景色让他想起了诺福克："它比我在欧洲看到的任何地区都更像英国风景。"验票员用打孔机轻轻拍打着门框：金属敲打金属，意味着你必须服从的命令。弗农到了；然后，在你的左手边，宽阔的塞纳河引着你去往芒特。

共和国广场6号，是一处建筑工地。占着一块方地的公寓楼几乎要竣工了；它已经表现出了那个篡位者的自信与天真。大赛尔夫酒店

1　指塞纳河的北面，故又称为北岸。
2、3　原文为法语。
4　法国利口酒品牌。

就在此处？是的，确实如此，他们在香烟店[1]里告诉我，老楼是一年多前才拆除的。我又回去，再次凝视着它。现在那个酒店仅剩下两根高高的石头门柱，相隔三十英尺远。我绝望地盯着它们看。在火车上，我无法想象福楼拜（像一只不耐烦的狗那样号叫？是抱怨，还是兴奋？）如何走过同样一段旅程；现在，在朝圣之旅的这个时刻，门柱无法帮我以想象重返居斯塔夫和露易丝激情相聚的时光。为什么该抱有这种期待呢？我们对于过去太蛮横无理，总指望以此种方式获得强烈快感。可是它凭什么要配合我们的游戏呢？

我郁郁寡欢地绕着教堂（米其林一星）转了一圈，买了一份报纸，喝了一杯咖啡，读了猪肉贩和疯狂之爱的报道，然后决定坐下一班火车回去。回火车站的路叫富兰克林·罗斯福大道，尽管实际上这条路并没有名字听上去那么大气。在左边离路的尽头五十码远的地方，我看到了一间咖啡餐厅，名字叫"鹦鹉"。在餐厅外面的人行道上，有一只细工浮雕的木质鹦鹉，有着鲜亮的绿色羽毛，鸟嘴里叼着午餐的菜单。和那些用亮眼的木头做外饰的建筑一样，这个餐厅的历史看起来很可能要比实际更久远。我不知道在福楼拜的时代它是否就在这里了。但我清楚的是，有时过去可能是一头被抹上油的猪；有时是一头躲在洞穴里的熊；有时只是鹦鹉的惊鸿一瞥，它那两只嘲讽的眼睛在森林里冲着你眨巴一下。

9）火车在福楼拜的小说里作用甚微。然而，这一点体现了精确

---

1 原文为法语。

性，而非偏见：他的大部分作品都以英国挖土工和工程师突袭诺曼底之前为背景。《布瓦尔和佩库歇》涉及了铁路时代，但他笔下这两位固执己见的抄写员均没有对这种新式交通工具公开发表过看法。

火车只出现在了《情感教育》中。书中首次提到火车，是在当布罗士[1]家举行的一个聚会上，而且是谈话中一个并不太吸引人的话题。第一列真正的火车，以及第一次真正的火车旅行，发生在第二部分第三章，当时弗雷德里克去克雷伊，试图引诱阿尔努夫人。考虑到他这位旅行者内心的温柔躁动，福楼拜以一种惬意的抒情笔调描述了这次出行：绿色的平原，如舞台布景般掠过的车站，以及火车头喷出的白烟，这烟在草地上轻舞片刻，然后随风散去。小说里还出现了几次火车旅行，乘客们似乎都很开心；至少没有人像一只无人看管的狗那般烦躁地号叫。虽然福楼拜霸道十足地从科莱夫人那首《普通农民》中删除了地平线上滚滚白烟的诗句，但这并不妨碍他在自己的乡间描写中（第三部分第四章）写下这样的句子："机车头喷出的烟沿着一道水平的直线铺开，就像一只巨大鸵鸟的羽毛末梢被越吹越远。"

我们也许只能在一处看出他的个人观点。弗雷德里克有一个画家朋友叫佩尔兰，喜欢高谈阔论，画画却总是半途而废。按福楼拜狡黠的描述，在此人极少数完工的画作中有一幅是这样的：它以基督耶稣为画中人物，表现了他驾驶一列火车穿过原始森林的情景，再现了共和、进步或文明。

---

1 《情感教育》中的一个银行家。

10）当他感到眩晕却尚未引起警惕时，居斯塔夫说出了生命中的倒数第二句话："我想我要晕厥过去了。幸运的是，它发生在今天；如果发生在明天的火车上，就会出大麻烦了。"

11）活塞减震器。今天的克鲁瓦塞。那个巨大的造纸厂正在福楼拜故居的原址上轰隆作响。我溜达到里面；他们很乐意带我参观。我凝视着活塞、蒸汽、大桶和纸浆盆：如此潮湿的环境，为的是生产出像纸张那样干燥的东西。我问向导他们是否生产用来造书的纸张；她说他们各种纸张都造。我意识到，这次参观不会惹来什么感伤之情。在我们的头顶，有一个巨大的纸筒，差不多二十英尺宽，正在缓缓地沿着传送带移动。它似乎与周围的事物不成比例，就像一个被故意放大比例的流行雕塑。我说它像一卷巨大的厕纸；我的向导肯定了我的说法，它就是厕纸。

轰隆的工厂外面也没安静到哪里去。凶悍的卡车呼啸而过，这条路曾经是拖船的纤道。打桩机在河的两岸锤击地面；所有路过的船只都要鸣笛。福楼拜说，帕斯卡曾来克鲁瓦塞的这幢房子里做过客；当地有个经久不衰的传闻，说普雷沃神甫[1]在这儿写出了《曼侬·莱斯科》。现在，再也没有人重复这样的传言了；也没有人相信它们。

诺曼底正下着阴沉的雨。我想到了在河岸远处那匹马的轮廓，还有捕鳗鱼的渔夫抛撒渔网时静静的溅水声。鳗鱼还能在这条充满商业气息的无趣河道里生存吗？如果可以，它们的鱼肉很可能有柴油和

1　法国作家。

去污剂的味道。我的目光转向河的上游，突然我看见了它，矮胖的形状，全身都在震动。火车。我以前见过铁轨，它建在公路和河水之间；此时的铁轨在雨水中闪闪发光，仿佛在咧嘴微笑。我曾不假思索地认为，这些铁轨是船坞起重机的专用滑轨。但不是的：他甚至连这个都没有躲过。捆裹的货车从两百码远的地方开过来，准备驶过福楼拜的凉亭。当它开到面前，肯定会讥讽地拉响汽笛；也许它运的是毒药、灌肠气泵和奶油馅饼，或者是给化学家和数学家的用品。我不想目睹此情此景（反讽不仅可能被滥用，也可以是冷酷无情的）。我上了自己的车，离开了。

9 福楼拜的未成之书

重要的不是他们修建了什么,而是他们摧毁了什么。

重要的不是房子,而是房子与房子之间。

重要的不是那些尚存人间的街道。

重要的是那些已灰飞烟灭的街道。

　　但是,那些他们尚未建成的东西也很重要。那些他们在梦想中设计的房子。那些想象中的古怪林荫道;那些茅草小屋之间人迹罕至的散步小路;那些用错视画法[1]让你误以为走进了康庄大道的死胡同。

　　那些作家没有写出的书重要吗? 人们很容易就忘记它们,认为在未成之书的清单里,肯定不过是一些糟糕的点子、及时中断的计划,以及令人尴尬的最初想法。但事实未必如此:最初的想法往往是最好

1　原文为法语。

的，它们虽然在第二轮思考中遭到冷遇，却在第三轮重新获得宠幸。而且，一个想法之所以被抛弃，不见得是因为它未能通过某种质量控制的测试。想象并不像一株果树那样，每年都会有可靠的收成。作家只能收获那些可以收获的东西：有时丰收，有时歉收，有时甚至一无所获。在丰收之年，某个阴凉黑暗的阁楼上会放着一个木板条编成的盘子，作家时不时紧张兮兮地来探视一番；哦，是的，当他在楼下辛勤劳作时，阁楼里的果实却会皱缩，会长出可疑的色斑，会突然出现棕色的塌陷，还会有雪花飘飞出来。他对此又有何计可施？

在福楼拜这里，未成之书如同投下的第二道影子。如果说生命中最美好的时刻，是一次失败的妓院之旅，那么也许写作中最美好的时刻，就是当作家有了写书的灵感，却不必付诸笔端，于是它免于堕落为确定的形式，也不必拿给那些不如作者那般珍爱它的外人去观瞻。

当然，已出版的作品并非是固定不变的：如果福楼拜有时间和金钱好好整理他的文学财产，也许它们现在会是不同的样子。他会写完《布瓦尔和佩库歇》；也许他会禁止《包法利夫人》再版（居斯塔夫对此书暴得大名颇为不满，我们认真考虑过作者的这一态度了吗？并没太当回事吧）；而《情感教育》可能会有一个不同的结局。福楼拜曾因这本书的时运不济而灰心丧气，对此杜康有过如下描述：此书刚出版一年，就赶上了普法战争，在居斯塔夫看来，发生在色当[1]的侵略和溃败会给小说带来一个宏大公开、不容辩驳的结局，而这部小说的出发点，正是要去探讨一代人的道德失败。

1　法国东北部一城市，1870年普法战争战场，法军大败于此。

"想象一下吧，"杜康记录下了他的话，"我们从一些特定事件中可能获得多少写作的资本。比方说，这里就有一个极为精彩的结尾。签署完投降条约，军队缴械投降了，皇帝跌坐在他那辆宽大马车的角落里，面色凝重，目光呆滞；他抽了一根香烟，想让自己保持平静，虽然他此刻内心正在经历一场风暴，却试图让自己显得面不改色。在他身边，是副官和一位普鲁士将军。所有人都沉默不语，目光低垂；每个人的心里都藏着痛苦。

"在一个路口，皇帝的队伍被一队由枪骑兵看管的囚犯挡住了，这些士兵戴的四角军帽垂到耳朵处，手中斜握着长矛。马车在人潮面前被迫停了下来，大队人马卷裹着尘土，在太阳光的照射下泛出红色。囚徒们拖着脚、弓着背走路。皇帝疲惫地注视着这群人，心里思绪万千。以这样的方式来检阅自己的军队，真是奇怪。他想到了从前阅兵的情形，那时战鼓激荡，旌旗飘舞，他的将军们身披金色绶带，举剑向他敬礼，而卫兵高喊：'皇帝万岁！'

"一个因犯认出了他，向他敬礼，然后大家也纷纷敬礼。

"突然，一个轻步兵离开队列，晃动着拳头喊道：'哈！你这个坏蛋，原来在这里啊；我们被你害惨了！'

"然后，上万人高喊着辱骂的口号，愤怒地挥动双臂，冲着马车吐口水，然后像一阵诅咒的旋风般走过。皇帝依然一动不动，没有任何表示，一言不发，但是他心里却在想，'那些人当年曾被称为我的禁卫军！'

"你觉得这种场景描写怎么样？很有气势，对吧？如果放到我《情感教育》的结尾，将会是多么激荡的一幕！我居然与它失之交臂，真是太不甘心了。"

我们应该为这个失落的结尾而哀痛吗？我们该如何评价它？杜康在转述时很可能未言尽其妙，而福楼拜在出版前也许会对这个结尾数易其稿。它的魅力显而易见：以最强音的高潮，对一个国家不便言明的失败做一次公开的总结。但是，这本书需要这样的结尾吗？我们已经有了1848年[1]，还需要把1870年[2]写进去吗？最好还是让小说在幻灭中走向终点；最好还是写两个友人伤心的追忆，而不要用一幅激荡的沙龙画来结尾吧。

要想好好谈未成之书的问题，让我们做一个系统性的考察吧。

1）传记。"有朝一日，如果我写回忆录——如果我全身心投入，这将是我唯一能写好的东西——你会在书里占有一席之地，而且那个位置很重要！因为你在我生命的围墙上炸出了一个巨大豁口。"居斯塔夫在给露易丝·科莱最早的一批信中如是写道；在七年的时间里（1846—1853年），他不时会提到这个计划中的自传。然后，他正式宣布放弃该计划。但是，它是否仅仅只是一个为了计划的计划？"我要把你放到我的回忆录里"这种话，是文人们用来追求女人时常用的招数。它就相当于"我要把你拍成电影""我要让你在画中不朽""我可以把你的脖子塑成大理石雕像"，诸如此类。

2）翻译。它们是失落的作品，而不是严格意义上的未成之书；但

1　指的是法国二月革命。

2　指的是普法战争爆发的那一年。

是我们这里也许可以记上一笔：a）朱丽叶·赫伯特翻译的《包法利夫人》，作家本人审核过该译作，并说它是"一部杰作"；b）在1844年一封信中提到的翻译："我把《老实人》读了二十遍。我把它翻译成了英语……"这听上去不像是学校作业，而更像是作者给自己找的一份实习工作。鉴于居斯塔夫在信中所用的英语颇为糟糕，这个翻译很可能会"无心插柳柳成荫"地给原著增添几分喜剧色彩。他甚至连英文地名都抄不对：1866年，在关于南肯辛顿博物馆的"彩色明顿瓷砖"的笔记中，他把"Stoke-upon-Trent"抄成了"Stroke-upon-Trend"。

3）虚构。未成之书的这一部分包括了大量的少年时代作品，主要对那些喜欢心理分析的传记作家有用。但一个作家在青少年时代未能写成的书，和他正式走上创作道路后未能写成的书有着本质区别。对于之后那些不存在的书，他必须承担责任。

1850年，福楼拜在埃及，花了两天时间构思孟卡拉的故事，此人是第四王朝时期一位虔诚的国王，后人相信是他重开了被先王们关闭的寺庙。但是在给布耶的信中，小说家将他的写作对象粗俗地定义为"那个操了自己女儿的国王"。也许，福楼拜的写作兴趣源自1837年的一个考古发现（其实应该是一段记忆）：国王的石棺被英国人发掘出来，用船运回了伦敦。居斯塔夫1851年去大英博物馆时也许看过这个展品。

我想改天亲自去看看。他们告诉我，这个石棺其实不算博物馆里诱人的馆藏，从1904年之后就未被展出过。虽然人们在装运它时还以为这是第四王朝的文物，但后来发现它其实属于第二十六王朝：棺材里的木乃伊遗骸可能有些是孟卡拉的，也同样有可能不是。我感到失望，但也如释重负：假如福楼拜没有放弃这个计划，并且通过精心研究，对国王坟墓做了一番仔细描绘，那又会怎样？伊妮德·斯塔基博士就会逮到机会，对另一个"文学错误"大加鞭挞了。

（也许我应该在我那本福楼拜导读袖珍本中加入斯塔基博士的词条；抑或这样的报复其实并无必要？用 S 代表萨德，还是用 S 代表斯塔基？顺便说一下，《布拉斯韦特的庸见词典》进展顺利。你会获得你需要知道的关于福楼拜的一切，就像所有人所了解的那样！只需要再增加一些词条，我就可以完工了。我发现字母 X 会是一个麻烦。在福楼拜自己的字典里，X 下面也没有任何条目。）

1850 年，福楼拜在君士坦丁堡宣布了三个写作计划："唐璜的一个夜晚"（它进入了规划阶段）；"阿努比斯"[1]，这个故事讲的是"想让神操她的女人"；以及"我的弗拉芒[2]小说，讲的是一个年轻女子在某个外省小城死去，地点是一个种着大白菜和芦苇的花园深处，死时是处女和神秘主义者……"。居斯塔夫在给布耶的信中抱怨说，对一个计划想得太周全其实不好："天哪，我觉得如果你对尚未出世的孩子事无巨细地想太多，那么你实际上还不够坚强，不足以当父亲。"在这几个例子里，居斯塔夫都还不够坚强；尽管有人在他第三个选题中隐约

1　阿努比斯是古埃及神学体系中的灵魂守护神，以胡狼头、人身的形象出现在法老墓地的壁画中。

2　弗拉芒人是比利时两大民族之一，主要分布于该国北部，法国、荷兰境内也有，他们使用的语言是弗拉芒语。

看到了《包法利夫人》或《一颗质朴的心》的影子。

1852年到1853年,居斯塔夫为《螺旋》做了认真的计划,称之为"一部宏大的、形而上学的、充满幻想和喧嚣的小说",书中主人公过着典型的福楼拜式双重生活,在自己的梦里非常幸福,但在真实生活中却过得不开心。当然,它的结论是:幸福只存在于想象中。

1853年,"我的一个旧梦"复活了:这是一部关于骑士精神的小说。居斯塔夫宣称,尽管已经有了阿里奥斯托[1],这样的计划依然具有可行性:他会给这个主题增加一些元素,即"恐怖和更恢宏的诗"。

1861年,"我长久以来一直在思考一部关于疯癫的小说,或者说,关于一个人如何变疯的小说"。按照杜康的说法,大概从这时或稍晚时起,他也开始构思一部关于戏剧的小说;他会坐在演员休息室里,记下那些口无遮拦的女演员们的秘密告白。"只有勒萨日[2]在《吉尔·布拉斯》中触及了真相。而我会让真相袒露无遗,因为它个中的喜剧性是无法想象的。"

从此时开始,福楼拜肯定已经知道,写任何一部完整的长篇小说很可能都将耗费他五到七年的时间;所以,大部分被他暂时搁置的计划,都将无可避免地慢慢蒸发殆尽。在他生命最后的十多年里,我们发现他主要有四个创作构思,外加一个极为有趣的想法,即写一个妙手偶得的故事[3]。

---

1 意大利文艺复兴时期诗人,代表作是传奇叙事长诗《疯狂的罗兰》。

2 法国18世纪初期的重要作家。

3 原文为法语。

a）"阿雷尔贝"，一个东方故事。"如果我再年轻一些,而且有钱,就会重返东方——去研究现代的东方,研究那个有苏伊士地峡的东方。写一本关于这个方面的厚书,是我的夙愿之一。我想表现一个文明人如何变成了野蛮人,而一个野蛮人又如何成为文明人——将两个最终融合的世界放在一起进行比较……可是太迟了。"

b）一本关于温泉关战役的书,他打算写完《布瓦尔和佩库歇》之后就动笔。

c）一部表现一个鲁昂家庭几代人的小说。

d）如果你将一条扁形虫切成两半,有头部的那一半就会长出新的尾巴;更令人吃惊的是,原来的尾部还会长出一个新头。在《情感教育》那令人抱憾的结尾,就发生了这样的情况:它独自生成了一部完整的小说,开始被称为"在拿破仑三世的统治下",后来改为"一个巴黎家庭"。"我要写一部关于法国皇帝的小说(这段说法来自杜康),描写贡比涅的晚宴,所有的大使、将军和参议员跪在地上亲吻皇帝的手,身上佩戴的勋章叮当作响。对,就这样! 这个时期可以为一些皇皇巨著提供素材。"

e）那个妙手偶得的故事是由《鲁昂小说家》的编辑夏尔·拉皮埃尔觅到的。有次晚上在克鲁瓦塞一起吃饭时,拉皮埃尔给福楼拜讲了一个 P 小姐的风流乱史。她出身于诺曼底的贵族家庭,与皇室沾亲带故,后来被任命为欧仁妮皇后的朗读官。他们说,她的美貌足以让一个圣徒下地狱。不过,这种美倒是足以毁掉她自己:因为与皇家卫队的一个军官公然私通,她被逐出了宫廷。后来,她成了巴黎风月欢场的女王,在 19 世纪 60 年代后期独领风骚,那种地方和她被逐出的宫廷相比,堕落程度有过之而无不及。在普法战争期间,她从人们的视线中消失(同时消失的还有她从事的行当),后来她变得星途黯淡。据说她沦落为最底层的娼妓。然而,令人振奋的是(无论是对于小说而言,还是对她本人),她证明自己可以东山再起:她成了一位骑兵军官的正牌情妇,逝世之前还成了一个海军上将的合法妻子。

福楼拜听到这个故事很高兴:"你知道吗,拉皮埃尔,你刚刚给了我一部小说的主题,它是另一种《包法利夫人》,是上流社会版本的包法利。这是一个多么诱人的形象啊!"他立刻记下了这个故事,并开始做笔记。但这部小说始终未能写成,而笔记也已散佚。

所有这些未写成的书都很诱人。然而,它们在某种程度上可以被填充、整理和重新想象。它们可以用于学界研究。码头是一座未能偿愿的桥;但如果长久地注视,你就会幻想出它与海峡对岸相接的情景。对这些书的残端而言,亦是同理。

但对于那些未曾活过的人生,又是怎样一种情形? 也许,它们会更加诱人;它们是真正的未成之书。如果写出的是《温泉关》,而不是《布瓦尔和佩库歇》呢? 好吧,它仍然是一本书。但假如居斯塔夫本人改变了人生道路呢? 毕竟,不当作家是易如反掌的。大部分人都不是作家,这对他们也毫发无损。有一位颅相学家——19 世纪的职业咨询大师——曾经研究过福楼拜的长相,说他天生是做驯兽师的料。这么说倒也并非完全不对。让我再引一遍福楼拜的话:"我容易招惹疯子和动物。"

这不仅是指我们已知的作家人生。不仅是指被成功遮掩的人生。

不仅是指编造的人生谎言（有些谎言我们现在无法证伪）。它还指那未曾活过的人生。

"我会成为国王还是猪猡？"居斯塔夫在《私人笔记》中这样写道。十九岁时，一切看起来就是那么简单。有一种是人生，还有一种是非人生；一种是实现抱负的人生，另外一种是惨如猪猡的人生。别人想向你描述你的未来，但你未曾真正相信过。"很多事情，"居斯塔夫那时候写道，"被预言到我身上：1）我会学跳舞；2）我会结婚。你看看——我压根就不信这套。"

他终身未婚，也终身没有学过跳舞。他非常反感跳舞，以至于他小说中大部分男主人公都和他一样，拒绝跳舞。

那么他学了什么呢？他学到的是，人的一生并非要么为了功名利禄不择手段，要么在猪圈里苟活一世；世上有猪一样的国君，还有国王般的猪；国王也许会嫉妒猪；非人生的诸多可能，总会为了适应当下人生的特别窘境，而痛苦地改变。

十七岁时，他宣称自己要在海边城堡的断壁残垣中度过一生。

十八岁时，他断言一定是某股奇怪的风把他错误地吹到了法国扎根：他声称自己命中注定要当南圻[1]皇帝的，抽三十六英寻长的烟管，拥有六千个妻子和一千四百个娈童；没想到，由于气象运动的无常，他被带到别处，只剩下难以满足的巨大欲望，极度的乏味和连天的哈欠。

十九岁时，他觉得自己在读完法律之后，就要启程去土耳其当一个土耳其人，或者跑到西班牙当赶骡人，到埃及当骆驼夫。

1　指位于越南南部、柬埔寨之东南方的地区。法国殖民地时代，该地的法语名称是"交趾支那"，首府是西贡。是法属时期越南的三大地域之一，另外二者为中圻与北圻。

二十岁时,他还想去赶骡子,虽然此时地点已经从西班牙缩小到安达卢西亚。他还有一些别的职业可能,其中包括去那不勒斯当个游手好闲的家伙;虽然他也能接受去做马车夫,往返于尼姆和马赛。但是,这些可能的人生是否稀奇? 如今,甚至连资产阶级出行时都轻而易举了,这一点令那位"心中有深壑"的人倍感痛苦。

二十四岁时,父亲和妹妹刚刚去世,他筹划着假如母亲也离世,自己该怎么过日子:他打算变卖一切,去罗马、锡拉库拉[1]或那不勒斯居住。

还是二十四岁时,他向露易丝·科莱展现了自己天马行空的怪想,宣称已经深思熟虑多时,想去士麦那[2]落草为寇。但至少"会有一天,我将从这里远走高飞,从此杳无音讯"。也许,对于去奥特曼帝国当盗匪的想法,露易丝并不觉得多么有趣;因为现在有一个更为家庭化的幻想出现了。假如他是自由的,就能离开克鲁瓦塞,去巴黎和她一起生活。他想象两人在一起的日子,他们的婚姻,那种相濡以沫的甜蜜生活状态。他想象他们生了一个孩子;他想象露易丝的死,以及后来他如何温柔地呵护那个丧母的幼儿(天哪,对于这段遐想,我们不知道露易丝做何反应)。然而,家庭生活的奇特诱惑并不持久。不到一个月,他所用的动词时态就乱成了一团:"在我看来,假如我成了你的丈夫,我们将会幸福地在一起。在我们的幸福结束后,会憎恨彼此。这很正常。"露易丝应当对居斯塔夫的远见心存感激,因为这让她幸免于落入这样不尽如人意的生活。

所以,还是二十四岁时,居斯塔夫非但没有结婚,而且还和杜康

1　位于意大利西西里岛上的一座滨海古城。

2　土耳其的一座古城。

一起坐下来看地图,计划着一次去往亚洲的魔鬼之行。此行要耗时六年,按照他们粗略的估算,将花费三百六十多万法郎。

二十五岁时,他想成为一个婆罗门:神秘的舞蹈,长长的头发,还有滴淌着神圣黄油的脸。他正式放弃当卡马尔多利[1]修道士、强盗或土耳其人的想法。"现在要么就当婆罗门,要么什么也不当——后者简单多了。"生活劝说道,来吧,那就什么也不当。做猪倒是简单。

二十九岁时,受到洪堡[2]的激励,他想离家去南美洲,生活在大草原上,从此音讯全无。

三十岁时,他冥想自己的前世,这也是他毕生都在做的事。他想象自己投胎到路易十四、尼禄和伯利克里的时代,杜撰自己在那些有趣岁月里的前世生活。他对于其中一次前世生活非常确定:那是在罗马帝国时期,他是一个巡回喜剧团的老板,是那种花言巧语的恶棍,在西西里买女人,然后把她们变成女伶人,他是老师、皮条客和艺术家的混乱合体。(读普劳图斯[3]会让居斯塔夫想到这段前世的生活:这赋予他一种历史快感[4]。)这里,我们还应该注意到居斯塔夫喜欢杜撰祖先:他喜欢说自己血管中有北美印第安人的血液;这种说法似乎并不靠谱;虽然他的一位祖先确实在17世纪移民去了加拿大,并当了海狸猎人。

同样是三十岁时,他规划了一种看上去似乎更可能的人生,但它也同样被证明只是空想罢了。他和布耶做了个游戏,想象他们自己变

---

1 天主教修道院,属于本笃会的一支。
2 德国博物学家和探险家。
3 罗马第一个有完整作品传世的喜剧作家。
4 原文为法语。

成了老人,患了不治之症,住在某个救济院里:两个老朽之人在街上瞎逛,相互嘟哝着过去的幸福时光,那时他们都才三十岁,一路步行去吉庸岩[1]。然而这种戏谑模仿的垂老之态并未成真:布耶死于四十八岁,福楼拜死于五十八岁。

三十一岁时,他向露易丝表示——这是对一个假设的注解——假如他生了一个儿子,会很乐意帮他搞到女人。

也是在三十一岁时,他向露易丝讲述了自己一时糊涂萌生的片刻想法:他打算放弃文学。他要来和她同居,住在她身体里,将头枕在她双乳之间;他说自己受够了,再也不想拿着自己脑袋自渎,只为了让它喷射出词语。但是,这种幻想也是一种令人心寒的逗弄:它是用过去时讲述的,仿佛福楼拜只是在软弱的时刻,转瞬即逝地想象了此事。相比将头枕放在露易丝的胸脯之间,他更愿意用双手去托着头。

三十二岁时,他向露易丝袒露了自己生命中的很多时光是如何度过的:那就是去想象自己假如每年有一百万法郎的收入,然后会做些什么。在这样的梦幻中,仆人会帮助他穿上镶钻的鞋子;他会竖起耳朵,听他的马车发出嘶鸣,而这些马的英姿,会让英格兰嫉妒无比;他会摆下牡蛎宴,让餐厅四面都是盛开的茉莉花墙,里面飞出鲜艳的金丝雀。但是,这个每年一百万的梦并不算贵。杜康说居斯塔夫计划过"巴黎之冬"——这是一个极尽奢华的演出,容纳了罗马帝国的铺张浪费,文艺复兴的美轮美奂,还有《一千零一夜》的奇幻仙境。他认真计算过这个巴黎之冬的成本,"最多"需要一百二十亿法郎。杜康又

1　也译为拉罗舍居伊翁,是法国瓦勒德瓦兹省的一个市镇。

更为概括地补充了一句:"当这样的梦占据他的身心,他变得几乎全身僵硬,就像是处于恍惚状态的鸦片食客。他的头脑似乎飘飞到了云端,生活在黄金之梦中。这种习惯正是他无法专心工作的原因之一。"

三十五岁时,他透露了"我的私密梦想":要去大运河的边上买一座豪宅。几个月以后,他的购房计划中又增加了一个东西,就是位于博斯普鲁斯海峡边的凉亭。又过了几个月,他做好了准备,要动身去东方定居,并死在那儿。生活在贝鲁特的画家卡米耶·罗吉耶邀请了他。他可以去;就像想的那样。他可以;但是他没有去。

然后,三十五岁时,那些杜撰的人生,那种不可能的人生,渐渐开始在他脑中消退。原因很清楚:真正的人生已经实实在在地开始了。《包法利夫人》以书的形式出版时,居斯塔夫三十五岁。他不再需要幻想;或者说,现在他需要的是不同的、特别的、实际的幻想。对这个世界而言,他将扮演克鲁瓦塞隐士的角色;对于他巴黎的朋友而言,他将扮演沙龙白痴的角色;对于乔治·桑而言,他将扮演克吕沙尔神父的角色,那是一个喜欢听上流社会妇女忏悔告解的时髦的耶稣会会士;对身边人而言,他会扮演圣波利卡普,此人是不为人知的士麦那主教,最后时刻以九十五岁高龄殉道,他堵住自己耳朵,先于福楼拜喊出了同样的话:"哦,主啊!你怎么让我出生在这样一个时代啊!"但这些身份不再是他用来逃避现实的俗艳借口;它们不过是这位著名作家的玩物,是他特许的另类人生。他并没有跑到士麦那去落草为寇;相反,他让士麦那的主教寄居在体内,为他所用。事实证明他并不是驯服野兽的人,他驯服的是狂野人生。让未实现的人生尘埃落定:然后,写作可以开始了。

10 指控

是什么使我们想知道那些最糟糕的事？是否因为我们厌倦了喜欢知道那些最好的？好奇心是否总能超越自私自利？或者简而言之，想知道最糟的，这是否是最常见的反常之爱？

对有些人来说，这种好奇心就如同有害的幻想。我曾经有个病人，是一位受人尊敬的上班族，此人其他方面都没什么想象力，但他坦言在和妻子做爱时，喜欢想象她幸福地伸开身子，躺在那些身材魁梧的西班牙绅士、巧言令色的印度水手和东翻西找的侏儒身下。这种幻想极尽其能让人震撼、惊骇。对别人而言，这种追寻是真实的。我认识一些夫妇，就以彼此的低俗为傲：寻求彼此的愚蠢，彼此的虚荣，彼此的弱点。他们其实是在寻求什么呢？显然，并不是他们表面上在找的那些。也许，他们是要寻求一些终极的确认，证明人类自身的堕落无可救药，证明生活不过是蠢人脑中一场艳俗的噩梦。

我爱过埃伦，也曾想知道最糟糕的一面。我从未激怒过她；我总是习惯性地小心谨慎、自我防范；我甚至不问问题；但是我想知道最糟糕的一面。埃伦从不以柔情来对我。她喜欢我——她会自动同意她爱我，仿佛这个事根本不值得讨论——但是毫无疑问，她所相信的是我最好的一面。这就是区别所在。她甚至不会去寻找那个通往心灵密室的暗门，在那个密室里保存着记忆和尸体。有时候，你会找到那暗门，但它不会打开；有时候它会打开，然后你什么都没看见，除了一具老鼠的尸骸。但至少你去看了。这就是人与人之间的真实区别：这不是有秘密的和没秘密的人之间的区别，而是想知道一切的和不想知道一切的人之间的区别。我认为，这种寻找是爱的一个标志。

对于书来说，情况类似。当然，并非完全一样（永远也不可能一样）；而是说相似。假如你非常喜欢一个作家的书，假如你言听计从地翻书，却并不介意被打扰，那么你对作者的喜欢其实是未加思考的。你会想，不错的家伙。靠谱的哥们。他们说，他杀死了整整一队幼童军[1]，然后用他们的尸体喂鲤鱼？哦，不，我确信他没有：靠谱的哥们，不错的家伙。但假如你爱一个作家，假如你靠着他的聪明才智作为输液供给，假如你想去寻找到他——尽管这有悖规矩——那么无论你了解多少都不会嫌多。你也会寻找他罪恶的一面。一队幼童军，哦？是二十七个，还是二十八个？他是否将他们的小领巾缝成一床百衲被？他真的在上绞刑架时引用了《约拿书》吗？他真的将自己的鲤鱼池赠给了当地的童子军？

但这就是差别。对一个爱人、一个妻子而言，当你发现了那最坏

1　幼童军（Cub Scouts, 也叫 Wolf Cubs）是国际童军运动中的成员之一，对象主要为七八岁至十、十一岁的儿童。他们年龄小于童子军，即 Boy Scouts。

的一面——无论是她出轨或是不爱你，无论是她精神错乱或有自杀倾向——你几乎会感到松了口气。生活果然如我所料想的那样；我们是否应该为这种失望而庆祝一下？对一个你心爱的作家来说，本能反应是要去维护他。这就是我先前说的意思：也许对一个作家的爱，是最纯粹、最坚定的。于是，你更容易去为他辩护。事实上，鲤鱼是濒危物种，所有人都知道，假如冬天特别寒冷，假如春天在圣奥尔日之前进入雨季，那么它们唯一能吃的东西，就是幼童军的碎肉。当然，他知道自己会因为犯罪而被绞死，但他也清楚，人类并非濒危物种，所以牺牲二十七个（你说二十八个？）幼童军再加上一个位居中流的作家（他总是对自己的才华表现出离谱的谦虚），对于挽救整个鱼类物种生存而言，不过是微不足道的代价。长远来看：我们真的需要那么多幼童军吗？他们只是会长大，然后成为童子军。假如你还难以释怀，不妨这么看：从鲤鱼池游客那里收到的门票钱，已经足够让童子军在当地修建并维护好几个教堂大厅[1]了。

所以，接着来。读读指控书。我之前就已经料到了。但别忘记了这一点：居斯塔夫曾去过被告席。这次又指控他犯了哪些罪呢？

1）他憎恨人类。

是的，是的，当然。你们总是这么说。我要给你两种答案。第一，让我们从最基本的谈起。他爱他母亲：这难道没有让你那愚蠢而多情的 20 世纪心灵感到温暖吗？他爱他的父亲。他爱他的妹妹。他爱

1　附属于教堂的活动场所，通常用于社区和慈善用途，建在教堂附近。

他的外甥女。他爱他的朋友们。他崇拜某些人。但是他的感情总是针对特定对象；他不对所有来客施以感情。在我看来这就足够了。你想让他做得更多？你想让他"热爱人类"，与全人类温存一番？但这没有任何意义。热爱人类就和热爱雨滴，或热爱银河系一样，不多也不少。你说你热爱人类？你确定自己不是在自我陶醉，自我肯定，让自己心安理得？

第二，即使他确实憎恨人类——或者用我更钟爱的说法，对它完全不感兴趣——这难道是他的错？很显然，你非常欣赏人类：对你而言，人类意味着聪明的灌溉方法、传教工作和微电子设备。请原谅他有不同看法。很显然，我们讨论这个问题得费些口舌。不过，首先请允许我简要地引用 20 世纪一位智者的话：弗洛伊德。他不是一个夹带私心的人，你同意吧？你想听听他在去世前十年对于人类的总结吗？"我在内心深处禁不住确信，除了极少数人之外，我亲爱的人类同胞是毫无价值的。"讲这番话的人，被多数人在大半个世纪认为是最洞悉人类心性的。这有点让人尴尬，对吧？

好了，该轮到你爱得更具体一些了。

2）他憎恨民主。

在给泰纳[1]的一封信中，他管这个东西叫"La démocra-sserie"。你喜欢哪一种——"democrappery"，还是"democra-ssness"[2]？要不，

1　法国文艺批评家、历史学家。
2　这两个自造的词里既有"demo-"这个词根，又包含了"crap"（粪便）和"crass"（愚钝的）这两个意思。

"democrappiness"？的确，他对这个东西非常冷淡。但你不应该由此得出结论，说他喜欢暴政、君主专制、资产阶级君主制、官僚极权主义或无政府主义等。他偏爱的政府模式是那种官僚统治；虽然他乐于承认的是，将这种制度引入法国的可能性微乎其微。在你看来，官僚统治属于倒退？但既然你原谅伏尔泰对于开明君主制的热情，为什么却不原谅一个世纪之后的福楼拜对开明寡头政治体制的热情？他至少没有抱着某些文人墨客的那种天真幻想，认为作家比其他人更适合管理这个世界。

主要观点如下：福楼拜认为，民主制仅仅是政府发展史的一个阶段，我们身上有一种典型的虚荣，就是相信它代表了人类相互统治的最佳途径。他相信——或者说，他没有忘记注意到——人类的不断进化，所以也相信它的社会形态将不断发展："民主制不是人类的最终归宿，就像奴隶制、封建制和君主制都不是社会的永恒阶段那样。"他认为，最好的政府形式是那种行将灭亡的政府，因为这意味着它将让位于另一种政府。

3）他不相信进步。

我援引整个 20 世纪来为他辩护。

4）他对政治兴趣寥寥。

兴趣"寥寥"？你至少承认他是有兴趣的。你在巧妙地暗示他对眼前的不喜欢（正确），而假如他看得多了，也许就会回心转意，在这些问题上认同你的思路（错误）。我要提出两个观点，第一点要加着重号表示，因为它似乎是你喜欢的那种说话方式。文学包含了政治，反之则不成立。对于作家和政客而言，这不是时髦的观点，对此请多多包涵。在我看来，那些认为写作是政治工具的小说家是在贬低写作，并傻乎乎地抬高政治。不，我并不是说应该禁止他们拥有政治见解，或者禁止他们发出政治言论。我只是认为他们应该将那种写作称为新闻。那些认为小说是最有效参政方式的作家，通常是糟糕的小说家，糟糕的记者，也是糟糕的政客。

杜康十分关注政治，但福楼拜只是偶尔为之。你喜欢哪一种人？前者。他们谁是更好的作家呢？后者。他们的政治见解到底如何？杜康成为一个慵懒的社会向善论者；福楼拜自始至终都是"一位满腔愤怒的自由主义者"。你对此感到吃惊吗？但即使福楼拜将自己描述为一个慵懒的社会向善论者，我的观点也不会改变：指望过去来向现在献媚，这是一种多么奇特的虚荣。现在的人回顾一个世纪前的某个伟大人物，然后好奇：他是站在我们这一边吗？他是好人吗？这种想法暴露出自信心的严重匮乏：现代人既想对古人的政治评判高下，摆出纡尊降贵的姿态，又想被古人阿谀奉承，想获得对方的亲密鼓励，听到一句"干得不错，加油啊"。假如这就是你所谓福楼拜先生对政治"兴趣寥寥"的言下之意，那么恐怕我的当事人必须要认罪了。

5）他反对巴黎公社。

嗯，我上面说的话部分回答了这个问题。但还有这样一个原因，一个我的当事人身上令人难以相信的性格弱点：总而言之他是反对人类相互杀戮的。你可以称之为神经脆弱，但他确实不赞同。他自己从来没有杀过人，我必须承认；事实上，他根本没有试过。他许诺将来会做得更好。

6）他不爱国。

请让我稍微笑一笑。哈哈。好多了。我认为现如今爱国主义是一个坏东西。我认为我们都宁可背叛自己的祖国，也不愿背叛自己的朋友。事实不是如此吗？情况又一次颠倒过来了吗？你指望我说些什么呢？1879年9月22日，福楼拜给自己买了一把左轮手枪；在克鲁瓦塞，他集合了一些散兵游勇进行操练，以备普鲁士人的进攻；他带着他们在夜间巡逻；他告诉他们，如果他想跑就一枪毙了他。等到普鲁士人真的来了，他除了照顾自己年迈的母亲，没什么切实的事情好做。他也许可以参加某个军队医疗组，但是对于这个除了在沙漠里射杀过野生动物之外，并无任何军事经验的四十八岁癫痫兼梅毒患者的申请，他们又会有多大热情呢——

7）他在沙漠里射杀野生动物。

哦，我的上帝。我们请求不进行争辩[1]。此外，我关于爱国主义的问题还没讲完呢。能让我和你简单谈谈小说家的特性吗？对于一个作家而言，什么是最轻松、最舒服的事？是歌颂他所生活的社会：去崇拜它的力量，称赞它的进步，对它的愚蠢做些善意调侃。"我不是法

1　原文为拉丁文，法律术语。

国人,正如同我不是中国人。"福楼拜宣称。也就是说,他并非更像中国人:假如他生于北京,毫无疑问也会让那里的人们大失所望。最伟大的爱国主义,就是在你的祖国出现问题时,向它说明这一切。作家必须对万物抱有同情之心,必须生来就是一个被逐之人:只有这样他才能眼清目明。福楼拜总是站在少数派那一边,支持"贝都因人[1],异教徒,哲学家,隐士和诗人"。1867年,四十三个吉卜赛人在皇后林荫大道上搭帐篷,引起了鲁昂人的极大愤慨。福楼拜对他们的出现感到很开心,还给他们送钱。毫无疑问,你希望能对他大加赞许。假如他知道此举将获得后世的认可,他很可能会把钱留给自己花。

8a)他没有让自己卷入生活里。

"如果你不是酒鬼、情人、丈夫或列兵,你也可以去描绘酒、爱情、女人和荣耀。假如你成为俗世中人,那么你就无法清楚地认识生活:你要么为它所困,要么沉迷其中。"这并不是认罪的答词,而是在抱怨这种指控的用词错误。你说的生活是指什么?政治?我们已经解释过这个问题了。感情生活?通过他的家人、朋友和情人,居斯塔夫对这种磨难已了然于胸。你也许说的是婚姻?这种抱怨很奇怪,但并不新鲜。成家的人比打光棍的更会写小说吗?子女成堆的人比膝下无子的更懂得写作?我倒想看看你的统计数字。

一个作家过的最好生活,就是那种能帮他写出佳作的生活。我们能自信地认为,我们对这个事情的判断比他的强?用你的话说,福楼

1　在沙漠旷野过着游牧生活的阿拉伯人。

拜比很多人"卷入"得更深：相比之下，亨利·詹姆斯就是一个尼姑。福楼拜也许是试图活在象牙塔里——

8b）他试图活在象牙塔里。

但是他失败了。"我总试图活在象牙塔里，但便溺的潮水正拍打着它的墙壁，使它岌岌可危。"

需要指出三点理由。第一，作家选择——尽他所能——你所谓的卷入生活的程度：尽管他声名在外，福楼拜却对生活只是一种若即若离的状态。"写出饮酒歌的人，并不是酒鬼"：他清楚这一点。另一方面，他也不主张完全禁酒。也许，他最好的表述是，作家应该像蹚入大海那样蹚入生活，但最多走到齐腰深的水中。

第二，当读者指摘作家的生活时——为什么他不这么做；为什么他不向报社就那件事提出抗议；为什么他不更多地卷入生活？——他们实际上是在问一个更简单、更自负的问题：为什么他不更像我们？但假如一个作家更像读者，他就会成为读者，而不是作家：这事情就这么简单。

第三，就作家的作品而言，这种指摘要达到什么目的呢？或许，关于福楼拜未能更多地卷入生活，这个遗憾并非仅仅是针对他的一种博爱愿望：假如老居斯塔夫真的结婚生子，也许就不会对这档子事如此悲观？假如他涉足政坛或慈善，或成为母校的校董，也许他就不会那么孤僻？也许你认为他的书中有些瑕疵，假如作者的生活做出改变，这些毛病也许就会治愈。如果是这样的话，我认为就该由你来讲清楚。比方说，对我自己而言，我不认为假如作家找个患着痛风、坐在扶手椅上的诺曼人夜夜豪饮，就能让《包法利夫人》在刻画外省风俗上的某个缺点得以克服。

9）他是一个悲观主义者。

哦。我开始明白你的意思了。你希望他的书能更乐观一些，更加……你打算用什么词，朝气蓬勃？你的文学观还真是很奇怪。你是从布加勒斯特[1]拿的博士吗？我不知道人们竟然还需要为作家是悲观主义者这一点去辩护。这可是新鲜事。我不想这么做。福楼拜说过："美好的愿望中诞生不了艺术。"他还说过："公众希望读到那些满足其幻觉的作品。"

10）他没有传授美德。

现在你算是开诚布公说话了。所以，这就是我们评判作家的方式吗——凭着他们的"美德"？好吧，我恐怕暂时得按照你的游戏规则来：这是法庭上的规矩。从《包法利夫人》到《查泰莱夫人的情人》，以它们引发的淫秽审判案为例：被告的辩护总是既有几分逢场作戏，又有几分屈从让步。也许有人会称之为策略性虚伪。（这本书激发性欲吗？不，法官大人，我们认为它对任何读者都有一种催吐作用，而不是让人如临其境。这本书鼓励通奸吗？不，法官大人，您看，那个一次次深陷欲海的可悲罪人最后会受到惩罚。这本书攻击了婚姻制度吗？不，法官大人，此书描绘了不幸而无望的婚姻，为的是让其他人懂得，只有遵照基督教的教诲，才能获得美满的婚姻。这本书亵渎神灵

1　罗马尼亚的首都。

了吗？不，法官大人，小说家的思想是纯洁的。）当然，作为法庭辩论，这是成功的；但有时，我会感到一丝残留的苦涩，因为辩护律师是在为一部真正的文学作品辩护，可他并没有针锋相对地反驳。（这本书激发性欲吗？法官大人，我们试希望这样了。它鼓励通奸并攻击婚姻制度了吗？答对了，法官大人，这正是我当事人试图要做的。这本书亵渎神灵了吗？老天哪，法官大人，此事就如同耶稣受难时系的腰布一样千真万确。这么说吧，法官大人：我的当事人认为，他所生活的这个社会的大部分价值观都烂透了，他希望这本书能促进交媾、手淫、通奸，鼓励对牧师施以石刑，而且既然您这会儿在听我说话，法官大人，他还希望将腐败法官钩住耳朵吊起来。本人辩护完毕。）

所以，简而言之：福楼拜教你去凝望真理，不要惧怕后果；他和蒙田一起，教你头枕着怀疑入眠；他教你剖析现实的组成部分，并教你认识到自然总是体裁的杂糅；他教你如何最精确地使用语言；他教你不要在书中去寻找道德或社会解药——文学不是一本药典；他让你懂得真理、美、情感和风格是卓越之物。假如你研究他的私生活，他会教给你勇气、淡泊、友谊；告诉你聪明、怀疑和机智如何重要；传授在自己房间里独处的德行；教你痛恨虚伪；教你怀疑教条；让你懂得语言平实的必要性。你喜欢以这样的方式去描述作家吗（我自己倒不是很喜欢）？够了吗？我目前能讲的就这么多：我似乎让我的当事人有些难为情了。

11a）他是施虐狂。

胡扯。我的当事人是个软弱之人。你能说出一件他这辈子做的施虐（哪怕是残忍）之事吗？我告诉你吧，据我所知，他做的最残忍的一件事：有人曾发现他在一次派对上无缘无故地对一个女人大发雷霆。当被问及原因时，他回答说："因为她可能想进入我的书房。"这是我所知道的我当事人做的最坏的一件事。除非你把埃及那次也算上，那时他犯了梅毒，却还想和一个妓女上床。我承认，那样做是有点不地道。但是他没有得逞：这个女孩保持了职业的警惕，提出要检查他的身体，当遭到拒绝时，就让他走人了。

当然，他读过萨德。有哪个受到良好教育的法国作家不曾看过？我猜他现在在巴黎知识分子中间很流行。我的当事人对龚古尔兄弟说，萨德讲的是"有趣的胡言乱语"。他身边保存了一些可怕的纪念品，这倒不假；他喜欢讲一些恐怖之事；他早期作品中有一些骇人的段落。但是你说他有"萨德式想象"？我很不解。你明确指出：《萨朗波》中有一些骇人听闻的场景。我的答复是：你认为那些事没有发生过？你认为古代世界到处是玫瑰花瓣、长笛音乐，以及用熊脂封起来的一桶桶蜂蜜？

11b）他的书中有很多动物遭到屠杀。

不，他不是沃尔特·迪士尼。我承认，他对残忍感兴趣。他对一切事物都有兴趣。就像萨德和尼禄那样。但听听他是如何议论他们的："这些魔鬼向我解释了历史。"我必须补充一句，他当时是十七岁。让我再引一句他的话："我爱那些被征服的，也爱胜利者。"如我所言，他努力让自己变得不是法国人，就像不是中国人那样。里窝那[1]发生了一次地震：他并没有因为同情而痛哭失声。他对这些受害者

---

[1]　意大利第勒尼安海的一个港口城市。

的怜悯之心，与他对几百年来死于暴君苦役的奴隶的同情是相同的。你很惊讶？这就叫拥有历史想象力。这就叫一个公民，不仅仅是这个世界的公民，而且是所有时代的公民。这就是福楼拜所说的，成为"世间万物的主内弟兄，从长颈鹿和鳄鱼到人类"。这也就是我们所说的作家。

12）他对女人很残酷。

女人爱着他。他喜欢与她们为伴；她们也喜欢；他会献殷勤，懂得挑逗；他和她们上床。他只是不想娶她们。这是过错吗？也许，他在性方面的某些态度带着他所处时代和阶级的深刻烙印；但是19世纪又有谁能免于这种指责？他至少在性事方面非常坦诚：他说自己喜欢妓女，胜过年轻女工。这样的诚实带给他的麻烦，要比虚伪来得多——比如，和露易丝·科莱。当他告诉她真相时，听上去似乎很残忍。但她确实讨人嫌，不是吗？（让我自己来回答这个问题。我认为她讨人嫌；她听上去就像讨人嫌的样子；虽然必须承认，我们只听到了居斯塔夫一方的说法。也许应该有人写写她的叙述：是的，为什么不编一个露易丝·科莱的故事版本？我也许会写的。是的，我会。）

请容我说一句，你的很多指控也许应该被重新归到一个标题之下：他如果认识我们的话，也许不会喜欢我们。对这一点，他也许会认罪；如果他能看到我们脸上的表情，那该多好。

13）他相信美。

我想自己耳朵里是不是进了什么东西。也许是有耳屎。请给我一分钟,让我捏着鼻子,然后对着耳膜吹吹气。

14）他沉溺于风格。

你在胡说八道。你还以为小说就像高卢地区那样分为三块——思想、形式和风格？如果真是这样,那么你已经向虚构羞答答地跨出了第一步。你想听听写作的警言吗？很好。形式,并不是一件披在思想之躯上的外套（那种古老的比喻,即使在福楼拜的时代就已经很老套了）；它本身就是思想的血肉组成。你无法想象没有形式的思想,就像无法想象没有思想的形式。艺术中的一切都取决于实施：一只臭虫的故事,能够和关于亚历山大的故事那样优美。你必须根据你的感情来写作,确定那些感情是真实的,然后让剩下的一切都靠边站。当一行文字写得很好时,它就不再属于任何流派。一行散文必须像一行诗句那样亘古不变。如果你只是凑巧写得很好,你会被批评缺乏思想。

所有这些警言都来自福楼拜,除了一条是布耶所写之外。

15）他不相信艺术有社会目的。

确实,他并不相信。这有些让人厌倦。"你给大家的是孤寂,"乔治·桑写道,"而我给大家的是慰藉。"对此,福楼拜答道："我无法改变我的眼睛。"艺术品是一个耸立在沙漠里的金字塔,毫无用处：豺狗在它的下面撒尿,而布尔乔亚们费力爬到它的顶端；这种对比还能继续下去。你想让艺术去治病救人？可以去叫**乔治·桑救护车**。你想让艺术讲述真理？那就去叫**福楼拜救护车**：不过,假如车到的时候轧了你的腿,你可别吃惊。听听奥登怎么说的:"诗歌不会使任何事情发生。"不要以为艺术是用来提升心灵和加强自信的。艺术不是 brassière。至少,不是英语意义上的 [1]。但也别忘了,这个词在法语里指的是"救生衣"。

---

1 "brassiere"在英语里是胸罩的意思。

11 露易丝·科莱的故事版本

现在听听我的故事。我一定要说出来。来，挽着我的手，就像那样，我们一起散散步。我有故事要说；你会喜欢听的。我们沿着码头走，穿过那座桥——不，是第二座桥——然后也许我们可以在那边喝点干邑白兰地，等到煤气灯暗下来，我们再走回去。来吧，你没有被我吓着吧？你怎么那副表情？你觉得我是一个危险的女人？好吧，那是一种恭维——我接受这份赞美。或者，也许是……也许是我要说的话吓到了你？哈哈，我懂了……好吧，现在已经太迟了。你挽了我的手；你不能甩开它。别忘了，我可比你年纪大。保护我是你的分内之事。

我对造谣中伤没兴趣。如果你愿意，请将手往下，用手指摸我的前臂；是的，就在那儿，你感觉到脉搏了吧。我今夜不想报复谁。有朋友说，露易丝，你必须以牙还牙，像他那样撒谎。但是我不想如此。当然，我这辈子撒过谎；我骗过人——你们男人喜欢用的那个词是什么来着？——我要诡计。但是，当女人是弱者时，她们就会耍诡计，她们撒谎是出于害怕。当男人是强者时，他们会耍诡计，他们撒谎是出于自大。你不同意？我只是说出我的观察；你们也许会不同，我承认。但你看到我多么冷静了吧？我冷静，因为我觉得自己是强者。而且——你什么意思？如果我是强者，可能就会像男人那样耍诡计？别这样，我们别把事情弄复杂了。

我并不需要居斯塔夫进入我的生活。请看看事实。我那时三十五岁。我很漂亮，我……有名气。我首先征服了艾克斯[1]，然后是巴黎。我两次获得了法兰西学院的诗歌奖。维克多·雨果与我兄妹相称，贝朗热[2]称我为缪斯。至于说我的私生活：我丈夫在他那一行业里受人尊敬；我的……庇护人是他那个时代最杰出的哲学家。你没有读过维克多·库赞[3]？那你应该读读。他的思想非常吸引人。他是唯一真正懂得柏拉图的人。是你们国家的哲学家密尔[4]先生的朋友。然后，还有——或者说，很快就会有——缪塞[5]、维尼[6]和尚弗勒里[7]。我并没有吹嘘自己俘获男人的本领；我不需要这么干。但是你明白我的意思了。我是蜡烛；他是飞蛾。苏格拉底的妻子放低身段，向这个无名诗人报以微笑。我是他中意的对象；他不是我的。

我们是在普拉迪耶[8]那儿遇到的。我知道这有点俗套；当然，他倒

1　法国普罗旺斯地区的小城。

2　法国作曲家。

3　法国哲学家。

4　英国哲学家、经济学家。

5　法国浪漫主义诗人、剧作家。

6　法国诗人、剧作家、小说家。

7　法国艺术批评家、小说家。

8　法国雕塑家。

不觉得。雕塑家的画室,随意的闲聊,没穿衣服的模特,各种风月场上的人。对我而言,这都再熟悉不过了(哦,几年前,我还在那儿和一个叫阿希尔·福楼拜的医学院学生跳过舞,他很不灵活)。当然,我去那里不是当看客的;我去那里是给普拉迪耶当模特的。那居斯塔夫呢?我不想说得太难听,但当我第一次看到他时,我立刻就知道他属于什么类型的人了:高大、瘦削的外省人,迫不及待想进艺术圈,最后如愿时非常开心。我知道他们这种人在外省时说话的样子,既装得挺自信,实际上又心里没底:"去普拉迪耶那儿吧,我的朋友,你会找到个小姐演员当你的情妇,而且她也会满心欢喜。"无论是来自图卢兹、普瓦捷、波尔多或是鲁昂,这种男孩一边仍在为这么老远来到首都而隐隐感到焦虑,一边感到脑子里满是势利和贪欲。你看,我懂得这个,因为我自己也曾是外省人。我是十几年前从艾克斯来的。这一路颇为遥远;我能在其他人身上认出旅途的印记。

居斯塔夫那时二十四岁。在我心中,年龄并不重要;爱情才是重要的。我的生活中并不缺居斯塔夫。假如我一直是在找情人——我承认我丈夫当时时运不济,而我和哲学家那时关系也颇为紧张——我也不应该选择居斯塔夫。但是那些胖银行家不对我胃口。而且,这不由你做主,对吧? 你是被选中的;一次秘密的无记名投票将你拣选到爱里,对此你无法上诉。

我为我们的年龄差异而脸红吗? 我为什么要脸红? 你们男人在爱情上都喜欢随大流,在想象力上又过于老土;这就是为什么我们必须要恭维你们,拿一些小小谎言去支持你们。所以:我那时三十五岁,居斯塔夫二十四岁。我说完这一点,就不想再提了。也许你觉得这一点还没完;这样的话,我将要回答一下你尚未说出口的问题。假如你想研究一番这种姐弟恋双方的精神状态,那你不用研究我。研究一下居斯塔夫。为什么?我会告诉你两个日期。我生于 1810 年,9 月 15 日。你记得居斯塔夫的那个施莱辛格太太吗?这个女人让他的少年之心初结疮疤,关于她的一切都注定只是水中之月,他曾经暗地里吹嘘这个女人,又为了她而将内心用墙砖封闭起来(你还指责我们女人沉溺于浪漫爱情?)。好吧,我碰巧知道的是,这个施莱辛格太太,也是生于 1810 年,也刚好是 9 月。准确地说,生日只比我晚八天,是 23 号。你懂了吗?

你看我的神情令人熟悉。我猜,你想让我告诉你,居斯塔夫是一个怎样的爱人。我知道,男人谈起这种事情总是急不可耐,又带着一丝轻蔑;就仿佛他们是在描述上一顿饭,一道菜接着一道菜地说。完全超然物外。女人就不像那样;或者说,她们喜欢讲述的细节、弱点,极少是男人喜欢的那种实实在在的东西。我们寻找的,是那些能昭示性格的蛛丝马迹——无论好坏。男人只会寻找那些让他们自我感觉良好的证据。他们在床上非常自负,远比女人更自负。我承认,在公开场合,两性之间其实并没有这么大差异。

我会更自由地回答问题,因为我生来就是这个性格;另外,因为我谈论的人是居斯塔夫。他总喜欢教训别人,告诉他们艺术家如何诚实,不能像中产阶级那般讲话。好吧,如果我把床单掀得高点,他只能责怪他自己了。

他很饥渴,我的居斯塔夫。想劝他——老天都知道——来见我一面绝非易事;可一旦他来了……不管我们两个之间如何吵架拌嘴,从来不会在晚上起争执。夜色中,我们的相拥如同闪电来袭;狂烈的惊奇与温柔的调情交织在一起。他随身带了一瓶来自密西西比河的水,他说打算用这瓶水来给我的乳房做一次洗礼,作为爱的象征。他是一个强壮的年轻男人,我喜欢他的力量:曾经有一次,他在信中的落款是"你的阿韦龙野孩[1]"。

当然,他有着年轻壮男的那种永恒错觉,认为女人衡量激情的方式,看的是男人一夜能重振几次雄风。好吧,某种程度上,我们的确在乎这个:谁会否认这一点呢?这对男人而言是恭维,不对吗?但它并非最终决定因素。没多久,这种事说起来就像是打仗了。谈起那些他曾享受过的女人时,居斯塔夫有一种特别的方式。他会回忆自己在基戈涅街常光顾的某个妓女:"我朝她射了五枪。"他对我吹嘘道。这是他的习惯性措辞。我觉得很粗俗,却不以为意:我们都是搞艺术的,你懂的。但是,我注意到了这里的比喻。你朝一个人开的枪越多,他最后越可能死去。这就是男人想要的吗?他们需要一具尸体,作为自己男子气概的证据吗?我怀疑他们的确如此。而女人,因为喜欢哄男人开心,总不忘在最后销魂的那一刻大叫,"哦,我要死了!我要死了!"或诸如此类的话。做完一轮爱之后,我时常觉得自己脑子十分敏锐;观察透彻,诗兴大发。但我知道,最好不要用胡言乱语打搅我的英雄;相反,我故作餍足地躺在那里,如同一具尸体。

在黑夜中,我们两个能和谐相处。居斯塔夫并不害羞。他的品位也不那么狭隘。毫无疑问——我何必要谦虚——在他所有睡过的

---

1 法国一个具有传奇色彩的男孩,1800年被捕获时据说在森林中度过了大部分童年岁月,不会讲话,如同野人。

女人中，我是最美丽、最出名、最令人充满欲望的（如果说我有什么情敌，那也不过是一头奇怪的野兽，待会我会讲到）。面对我的美貌，他有时候自然会感到紧张；而在其他时候，他又显得有些过分地扬扬自得。我能理解。在我之前，他找过妓女，当然，还和女工[1]、和朋友做过。厄内斯特、阿尔弗雷德、路易和马克西姆：在我看来，这就是一帮学生娃。他们的交情是通过鸡奸来确认的。不，我这样讲也许不公平；我也不知道具体是和谁，也不知道确切的时间和内情；不过我确实知道，居斯塔夫从未厌倦过男女通吃[2]这种事。我还知道的是，当我趴着时，他盯着我的眼神总是没个够。

你知道，我与别人不同。妓女太肤浅；女工也是花钱就能搞；男人不一样——无论多深的友谊，它总有着自己的限度。但是爱情？自我的迷失？既是拍档，又相互平等？他可不敢冒这种风险。我是唯一足够吸引他的女人；他因为害怕，而选择去侮辱我。我想我们应该为居斯塔夫感到难过。

他曾经给我送过花。那种特别的花；这是一个不同寻常的情人的寻常之举。他有次送了我一朵玫瑰。那是在一个星期天的早上，他从克鲁瓦塞自家花园的篱笆上摘来的。"我吻了它，"他写道，"将它立刻放到你嘴边，然后——你知道还要放到哪里……再见！一千次吻你。从黑夜到白天，从白天到黑夜，我都是你的。"谁能拒绝这样的深情？我吻了这朵玫瑰，然后那天晚上，我把它放在床上，放在他希望我放的地方。第二天早晨，我醒来时发现玫瑰已经在夜里被折腾成了芬

1、2　原文为法语。

196

芳的花瓣。床单上都有克鲁瓦塞的气息——那个我尚不了解的地方将是我的禁地;在我的两个脚趾之间有一片花瓣,右边大腿的里侧还有一处细细的划痕。居斯塔夫,尽管他渴望而笨拙,竟然忘记拔光玫瑰根茎上的尖刺。

接下来的一朵花就没那么令人幸福了。居斯塔夫动身去布列塔尼旅行。我不应该大惊小怪吗?三个月!我们相识还不到一年,整个巴黎都知道我们多么相爱,他却选择要和杜康待上三个月!我们本可以像乔治·桑和肖邦那样;甚至比他们过得更好!但居斯塔夫坚持要和他那个野心勃勃的娈童消失三个月。我不该大惊小怪吗?这难道不是对我的直接侮辱,不是想羞辱我吗?可是他却说,当我在公共场合向他表达感情时(我不觉得爱有什么可耻的——为什么要这么想?如果必要的话,我会在火车站候车室大声地示爱),他说我是在侮辱他。想一想吧!他抛弃了我。在他临行前写给我的最后一封信上,我写下了终结[1]这个词。

当然,这不是他最后一封信。他刚到那沉闷的乡间,假装着自己如何喜欢那些废弃的城堡和单调的教堂(三个月!),就开始转而思念我。他开始写信给我,向我道歉,向我忏悔,请求我给他回信。他总是那样。当他在克鲁瓦塞时,就会梦想酷热的沙漠和波光粼粼的尼罗河;当他到了尼罗河,就会梦想潮湿的雾气和波光粼粼的克鲁瓦塞。他并不是真的喜欢旅行,当然。他喜欢的是旅行这一想法,是旅行的记忆,而不是旅行本身。这一次我倒是赞同杜康的说法,他曾说居斯

---

1 原文为法语。

塔夫喜欢的旅行方式，就是躺在长沙发上，看着风景从眼前经过。至于那次著名的东方之行，杜康（是的，那个恶心的杜康，那个狡猾的杜康）认为居斯塔夫在旅行的大部分时间都处于浑浑噩噩中。

　　但无论如何：当他和那个损友在那个无聊、落后的乡间徒步旅行时，居斯塔夫又给我送了一次花，是他从夏多布里昂[1]坟墓旁边采的。他写到了圣马洛那里宁静的大海，粉红的天空，芬芳的空气。这景色很美，对吧？在那个满是石头的海岬上，坐落着这座浪漫的坟墓；这个伟人躺在那里，头朝着大海的方向，永远倾听着潮涨潮落；这个年轻的作家，心中文思泉涌，跪在墓旁，看着傍晚天空的霞光一点点散尽，思考着——以年轻人惯有的方式——永恒，思考着生命的短暂，思考着伟大之物的慰藉，然后他从夏多布里昂坟边尘土里摘下一朵扎根于此的花，将它送给巴黎的美丽情妇……我能对此举无动于衷吗？当然不能。当一个人收到一封写有终结的信后不久，就从坟墓边摘了一朵花送给写信的人，我自然会觉得这样的花颇为勾人。而且我也难免会注意到，居斯塔夫的信是从蓬托尔松寄出的，这个地方距离圣马洛有四十公里。难道居斯塔夫为自己摘了这朵花，然后过了四十公里后就腻烦了？或者说——我之所以会这么想，只是因为我曾与居斯塔夫这个有感染力的人同床共眠过——他其实是在别处摘的？他想到摘花时已经太晚了？谁能禁得起这个事后才想到的妙招的诱惑[2]，哪怕是在恋爱中？

　　而我的花——我记得最清楚的那一朵——是在我所说的地方采

1　法国作家，写有《墓畔回忆录》等。
2　原文为法语谚语，有马后炮之意。

摘的。是在温莎花园。在那之前，我去了克鲁瓦塞，这次悲剧之旅吃了闭门羹，受尽各种屈辱和痛苦。你肯定听到的是不同版本吧？真相很简单。

我必须要见他。我们必须谈谈。你不能像打发理发师那样打发自己的爱人。他不愿意来巴黎见我；那我就去找他。我坐火车去了鲁昂（这次不是到芒特为止）。我坐船顺流而下，去了克鲁瓦塞；当那个年迈的船工用力划着桨时，我的心中希望与恐惧也在相互搏击。我们看见了一座英国风格的白色房子，很漂亮，并不高；在我看来，那房子充满了善意。我下了船，推开铁栅栏，就在那里被拦了下来。居斯塔夫不让我进。一个护院的丑老太婆把我赶了出去。他不愿在那里见我；他只能纡尊降贵去酒店见我。我的卡戎¹用船将我接回。居斯塔夫独自去坐轮船，然后在河上超过了我，并比我先上岸。这是一出闹剧。一场悲剧。我们去了我的酒店。我说话，他却置若罔闻。我谈到了幸福的可能。他告诉我，幸福的秘诀，在于早已获得幸福。他不能理解我的痛苦。他以一种令人羞辱的克制抱着我。他让我嫁给维克多·库赞。

我逃到了英国。我无法忍受再在法国多待一刻：我的朋友们见证了我的冲动。我去了伦敦。那里的人们待我很好。我被介绍给各种杰出人物认识。我见到了马志尼²；我见到了古奇奥尼伯爵夫人³。和伯爵夫人的见面令我非常开心——我们立刻成为好友——但也隐隐

1　希腊神话中冥王哈得斯的船夫，负责将死者渡过冥河。

2　意大利革命家，民族解放运动领袖，曾流亡英国。

3　英国浪漫主义诗人拜伦在意大利时的情人。

让我觉得悲伤。乔治·桑和肖邦,古奇奥尼伯爵夫人和拜伦……他们还会说露易丝·科莱和福楼拜吗?我坦白告诉你,这种想法让我很长时间里暗自神伤,但我努力用哲学的智慧去承受。我们将来会发生什么?我将来会怎样?我不停问自己,在爱情中雄心勃勃是不是一种错误?那样错了吗?回答我。

我去了温莎。我记得那里有一座漂亮的圆塔,上面爬满了常春藤。我漫步在花园里,为居斯塔夫摘了一朵银旋花。我必须告诉你,他对于花其实非常浅陋无知。不是说在植物学方面无知——他也许在什么时候学过这些,正如他对其他事物(除了女人心之外)的了解——而是不了解它们的象征意义。花的语言,其实非常典雅:灵巧、高贵而且精确。当花的美丽被用来表达感情的美丽并与之产生共鸣时……哦,这种幸福感就连收到红宝石这样的赠礼都难以比拟。鉴于花会凋谢,所以这种幸福就变得愈发令人痛苦。但也许,在这朵花凋谢之前,他会又送来一朵……

居斯塔夫对此一窍不通。他这种人,经过刻苦学习,也许最终会从花的语言中学到两个词:一个是剑兰,当它被放在花束中间时,花朵的数目就代表了幽会定在几点钟;另一个是矮牵牛花,它说明有信被拦截了。他能搞懂这种简单而实际的用法。这里,就拿这朵玫瑰花举例(不管它是什么颜色,虽然在花的语言中五种不同玫瑰代表了五种不同含义):先把它放在你的嘴唇上,然后再放到大腿中间。居斯塔夫所能表达的最大限度殷勤,也就不过如此了。我很确定,他不会懂得银旋花的意义;或者,假如他曾尝试去搞懂,也会弄错答案。通过银旋花可以传递三种口信。白色的意思是你为什么要躲着我。粉色的意思是我要把自己和你绑在一起。蓝色的意思是我要等待更好的时光。你一定能猜到我在温莎花园选的是什么颜色的花。

他真的懂女人吗？我对此表示怀疑。我记得我们曾为他那个尼罗河妓女库恰克·哈涅姆[1]而吵过架。居斯塔夫在旅行时会记笔记。我要求读他的笔记。他拒绝了我；我又提出要求；如此这般，软磨硬泡。最后，他答应了。那些笔记，它们让人……看得不舒服。居斯塔夫觉得东方吸引人的地方，我觉得很丢脸。一个交际花，一个身价昂贵的交际花，居然把自己泡在檀香木的油中，以掩盖她身上臭虫的恶心气味。我倒是想问问，这很令人舒心，很美丽吗？这个很稀罕，很华丽吗？或者说，这种事其实很肮脏，平庸，令人作呕？

但这并非一个美学问题；至少这里不是。当我表达了自己的厌恶，居斯塔夫却将之理解为嫉妒。（我确实有点嫉妒——当你发现自己心爱的男人在私人日记中没有提到你，却长篇累牍写着关于恶臭妓女的事，谁又会不感到嫉妒呢？）居斯塔夫认为我只是嫉妒，这一点也许情有可原。但你现在听听他的理由，听听他对女人心思的理解。他告诉我，不要嫉妒库恰克·哈涅姆。她是一个东方女人；这个东方女人是一台机器；对她来说男人都没有区别。她对我毫无感觉；她早已经忘了我；她终日无聊地生活在吸烟、泡澡堂、描眼线、喝咖啡这些事情中。至于说她肉体的欢愉，那是非常少的，因为她很早就被切除了那个著名的按钮[2]，那是一切欢愉的基础。

多么会安慰人！多么好的宽慰！我不必嫉妒，因为她毫无感觉！

---

1 福楼拜在埃及游记中提到的一个东方妓女，这个词在土耳其语里是"小女人"的意思。
2 此处暗指女性割礼时切除的阴蒂头，目的是使得女性日后免除性的快感并保持贞洁。

这个男人居然声称理解人类的心灵！她是一个残缺的机器，而且她早已忘记了他：我应该为此而感到欣慰吗？这种挑衅般的安慰，让我对这个在尼罗河与他交媾的女人想得更多，而非更少。我和她还能有更多的不同吗？我是西方人，她是东方人；我是完整的，她是残缺的；我与居斯塔夫最深入地交心，她只是短暂地与之做肉体交易；我是一个独立聪明的女人，她是一个靠和男人交易为生的囚徒；我心思缜密，打扮入时，温文尔雅，她肮脏龌龊，臭不可闻，野蛮无知。这也许听上去很奇怪，不过我渐渐对她产生了兴趣。毫无疑问，硬币总是痴迷于它的反面。多年以后，我去埃及旅行，想找到她。我去了埃斯那。我找到了她住的那个破陋小屋，但她不在。也许她听说我要来，就跑掉了。也许我们不见面更好；硬币不应该被允许看到它的另一面。

居斯塔夫曾经常常侮辱我，当然，甚至从一开始他就这样。我不可以给他直接写信；我必须把信通过杜康转交。我不可以去克鲁瓦塞看他。我不可以见他妈妈，哪怕我事实上曾在巴黎街头被介绍给她认识。我曾偶然听人讲过，福楼拜夫人觉得她儿子待我很恶劣。

他也用其他方式来羞辱我。他对我撒谎。他向朋友说我的坏话。他以真理的神圣名义，取笑我写的大部分作品。他假装不知道我有多么可怜。他四处吹嘘自己在埃及从一个收费五苏的妓女那里染上了花柳病。他在《包法利夫人》中以庸俗的手法公然报复我，揶揄那个我作为爱的信物送给他的印章。他这种人居然还声称艺术应该不夹杂私情！

让我告诉你居斯塔夫是如何羞辱我的。当我们刚恋爱时，会相互交换礼物——那是一些小信物，通常本身没什么意义，却似乎承载了赠礼人的灵魂。我送过他一双我的拖鞋,他经年累月都爱不释手。他曾送给我一个镇纸,就是他曾摆在自己书桌上的那个。我非常感动;这似乎是作家之间最完美的馈赠:那个曾经压在他散文作品上的东西,现在将压着我的诗篇。也许我对此发表了太多感慨;也许我表达谢意时过于真诚。这就是居斯塔夫对我说的话:他对失去那个镇纸根本不伤心,因为现在又有了一个同样好使的。我想不想知道那是什么? 如果你想让我知道,就说吧,我回答说。他告诉我,他的新镇纸是一段后船桅——他用手比画出一个夸张的尺寸——那是他爸爸用产钳从一个老水手的后庭里拔出来的。这个水手——居斯塔夫继续说道,仿佛这是他许多年来听到的最好故事——嘴上说的是,他完全不晓得这段船桅如何跑到了体内那个地方。居斯塔夫仰头大笑。最让他好奇的是,既然如此,他们又如何能知道那段木头来自哪根船桅。

他为什么要如此羞辱我? 我相信,这并不像恋爱中那种常见的情形一样,是因为我那些曾吸引他的品质——我的活泼,我的自由,我和男人的平等感——最终令他生厌。情况并非如此,因为他从一开始就是这种奇怪而粗暴的作风,甚至当他爱我最深时也没变过。他在写给我的第二封信中说:"我每每见到摇篮就会想到坟墓;见到赤裸的女人就会想到骷髅。"一个普通的爱人是不会有这样的情感表达的。

后世之人也许会得出一个简单的答案:他之所以鄙视我,是因为我值得鄙视,而且因为他是一个伟大的天才,所以他的判断也一定是正确的。但并非如此;从来都不是这样。他害怕我:这就是为什么他对我如此残忍。他害怕我的方式,既常见,又罕见。就前一种情形而言,他害怕我,就和很多男人害怕女人一样:因为他们的情妇(或妻子）懂他们。有些男人，心智并不成熟：他们希望女人懂他们，为此会告诉她们所有的秘密；然后，当他们真的被懂了，他们又因为女人的这种理解而憎恨她们。

就第二种情形而言——这点更重要——他害怕我，因为他害怕他自己。他害怕会彻底爱上我。这不仅仅是惧怕我可能会入侵他的书房，破坏他的孤独；他也是惧怕我会入侵他的心。他对我残忍，因为他想把我赶走；但他之所以想把我赶走，因为他害怕会彻底爱上我。让我告诉你一个秘密想法：对居斯塔夫来说，他半知半解地认为我即意味着生活，而且他对我的拒斥愈发强烈，因为这激发了他最刻骨的耻辱感。可这是我的错吗？我爱他；我也想给他一个爱我的机会，还有比这更自然不过的事吗？我并不是为了自己才抗争，也是为了他：我不懂他为什么不允许自己去爱。他说幸福有三个要素——愚蠢、自私和健康——他说自己只确定具备第二点。我去争论，去战斗，但他只肯相信幸福乃无望之事；这让他获得了某种奇怪的慰藉。

当然，爱他是很困难的。他的心疏远而孤僻；他对爱感到羞耻，也小心谨慎。他曾告诉我，真爱可以打败别离、死亡和背叛；真正的爱侣可以十年不见面。（我对这样的言论并不欣赏；我只是猜测，当我离开、不忠或死去时，他才会感到最轻松自在。）他喜欢自我安慰说他有多么爱我；但我从未见过哪个爱人如此缺乏耐心。"生命就像骑马，"他曾在信中写道，"我曾经喜欢策马飞奔；现在我喜欢缓步前进。"他写那番话时还不到三十岁；他已经决定要提前迈向衰老。可是对我而言……策马飞奔！飞奔！风吹动头发，笑发自肺腑！

他会自鸣得意地认为自己在和我恋爱；我认为，这种感觉给了他一种未被承认的愉悦，因为他总是渴望我的肉体，但又不断禁止自己去获得它：自我禁绝和自我放纵一样，令他感到兴奋。他曾告诉我，我的女性气质比大部分女人都少；我肉体上是女人，但精神上却是男人；我是一个新式双性人[1]，属于第三性。他多次和我讲到这种愚蠢的理论，但实际上他只是在说给自己听：他越不把我当女人，就越不需要去爱我。

最后我渐渐相信，他最希望从我身上得到的，是一种智性的伴侣关系，是精神上的恋爱。那些年里，他正在为《包法利夫人》而努力写作（不过，也许并没有他声称的那般辛苦），在一天结束时，因为身体上的放松过于复杂，可能会包含太多他未能完全掌握的东西，所以他寻求的是智性上的放松。他会坐在桌前，拿出一张纸，向我进行倾诉。你没觉得此情此景很感人吧？我不希望你这样想。那个对与居斯塔夫相关的谎话全都笃信不疑的时代已经终结了。顺便说一下，他从来没有用密西西比河的河水来给我的乳房洗礼；我们仅有的一次相互送水，是我给他防脱发的塔布雷尔水。

但是我可以告诉你，这种精神的恋爱也不比我们心灵的恋爱更容易。他粗鲁、笨拙、霸道、傲慢；同时他又温柔、感性、热情、投入。他无视规则。他拒绝给予我的思想以充分的承认，就像他拒绝充分地承认我的感情那样。当然，他确实无所不知。他告诉我，他心智上已经六十岁了，而我才二十岁。他告诉我，如果我总喝水而不喝酒，就会得胃癌。他告诉我，我应该嫁给维克多·库赞。（在那个问题上，维克

1　原文为法语。

多·库赞则认为我应该嫁给居斯塔夫·福楼拜。)

他把自己的著作送给我。他把《十一月》寄给我。这本书很差，很平庸；我未做评论，话藏在了心里。他送给我首印版的《情感教育》；我并不是特别喜欢，但我又如何能不夸它呢？他对我的赞扬恶语相向。他送给我他的《圣安托万的诱惑》；我确实推崇这本书，并对他如实相告。他再一次冲我说狠话。他肯定地告诉我，书中我所欣赏的部分，恰恰是最容易写成的；我小心翼翼提出的修改建议，他认为只会削弱这本书。他对我为《情感教育》体现的"过度热情"深感"震惊"！一个默默无闻、没发表过什么作品的外省人，就以这样的方式来酬谢一个巴黎著名诗人的(他还宣称爱着此人)赞美之词。我对他作品的评论唯一有价值的地方，就是可以被他作为恼人的借口，来给我上一通艺术课。

当然，我知道他是天才。我一直认为他是一个杰出的散文体作家。虽然他低估了我的天赋，但我没有理由低估他。我不像那个恶心的杜康，此人虽然骄傲地声称自己和居斯塔夫有多年交情，却总否认他是个天才。我曾参加过那些讨论当代精英的晚餐聚会，在这种地方，每当有人提到什么新的名字，杜康总是彬彬有礼地纠正众人的看法。"那好，杜康，"有人最后有些不耐烦地说，"你如何评价我们亲爱的福楼拜呢？"杜康赞许地一笑，然后故作公正地把两只手的指尖相互轻轻叩击了一下。"福楼拜是一个有着罕见之才的作家，"他回答时，用的是居斯塔夫的姓氏，这让我非常吃惊，"但是他因为身体欠佳，而无法成为天才。"你也许会以为他在练习写自己的回忆录。

至于说我自己的作品！当然，我时常寄给居斯塔夫看看。他说我的风格绵软、松垮和陈腐。他批评我的标题起得模糊而刻意，带着"蓝袜子"[1]才女的味道。他像教师那般给我讲解法语"抓"与"被抓"的区别。他表扬我的方式，就是说我写得像母鸡下蛋一样自然，或者评论说，在把我的作品批得面目全非之后，"但凡我没标注的地方，要么在我看来还不错，要么很出色"。他让我用头脑去写，而不要用心去写。他告诉我，头发要在梳过之后才会油亮，风格亦是如此。他让我别把自己放入作品中，也不要将事物诗化（可我是一个诗人！）。他说我虽然热爱艺术，但是并无艺术信仰。

当然，他希望我尽可能像他那样去写。我常常在作家中发现这种虚荣心；愈是著名的作家，这种虚荣心体现得愈发明显。他们相信所有人都应该像他们那样写：当然，写得不如他们那般好，但方式是相同的。就像是高山对于小丘的期待。

杜康过去常说，居斯塔夫对于诗歌毫无感觉。虽然我并不喜欢与他意见一致，但我的确赞同这一点。居斯塔夫总给我们讲诗——不过那通常是布耶的东西，而不是他自己的——但他自己并不懂。他自己从不写诗。他曾经说，他希望赋予散文以诗歌的力量和地位；但在这个计划中，似乎首先要做的就是削弱诗歌。他希望自己的散文做到客观、科学、毫无个人感情，不发表任何观点；所以他认为诗歌的写作也应该遵循同样的原则。请告诉我，如何能写一首客观、科学、毫无个人感情的情诗？请告诉我。居斯塔夫不信任情感；他害怕爱情；于是他把这种恐惧症擢升为一种艺术信条。

1　指一班学识丰富，对文学及其他知识均有相当了解与兴趣的女子。18世纪中叶，伦敦文学圈女性便昵称"蓝袜子"，她们衣着潇洒，社会上一般女士穿黑色丝袜，她们穿蓝色绒线袜，故名。

居斯塔夫的虚荣心不只体现在文学上。他不仅认为别人应该学他那样去写，还认为别人应该学他那样去活。他喜欢在我面前引用爱比克泰德[1]的话：克制，并隐藏你的生活。跟我说这话！一个女人，诗人，爱情诗人！他希望所有作家都在外省深居简出，忽视心灵的自然情感，鄙视声名，筚路蓝缕地在枯灯下阅读无名的文本。好吧，这也许是培养天才的恰当方式；但它也扼杀天才。居斯塔夫并不懂这一点，不明白我的天才取决于眨眼之间，情感突至，不期而遇：换言之，它取决于生活。

如果可以的话，居斯塔夫也许会把我变成一个隐士：巴黎隐士。他总是建议我不要去见别人；不要回复某某某的信件；不要把这个崇拜者太当回事；不要把某位伯爵当——情人。他声称这是在保卫我的工作，并说我每花在社交上一个小时，就意味着桌边写作的时间又少了一个小时。但这不是我的工作方式。你不能给蜻蜓架上车轭，然后让它去推谷磨。

当然，居斯塔夫否认他有任何虚荣心。杜康在他的一本书中——我忘记是哪本，因为他写了那么多本——提及了一个人过度孤独的不良影响：他将孤独称为虚假的导师，用双乳哺育一对叫自负和自大的孪生婴儿。居斯塔夫自然会视其为人身攻击。"自负？"他给我写信说，"这个就算了。但自大？不。傲慢是一码事：那是一头野兽生活在洞穴里，游荡于荒漠中；自大，从另一方面说，就是一只鹦鹉，在枝头跳来跳去，众目睽睽之下聒噪个没完。"居斯塔夫把自己想象

---

1 希腊斯多葛派哲学家。

成一头野兽——他喜欢认为自己是一头北极熊,远离人世,野蛮孤独。我同意他的比喻,甚至称他为美洲大草原上的野水牛;但也许他真就是一只鹦鹉。

你觉得我说得太刻薄?我爱他;这就是为什么我能让自己这么刻薄。听着。居斯塔夫鄙视杜康对"荣誉军团勋章"的渴求。但几年之后,他自己倒接受了。居斯塔夫鄙视沙龙社交,但后来他却进入了玛蒂尔德公主的圈子。你听说过居斯塔夫当年在烛光下昂首阔步时戴的手套花了多少钱吗?他欠了裁缝两千法郎,其中五百法郎是手套的花费。五百法郎!他那本《包法利夫人》才给他带来了八百法郎的版税。他妈不得不卖掉土地来帮他还账。五百法郎买一副手套!一头白熊戴着白手套?不,不:是鹦鹉,是一只戴手套的鹦鹉。

我知道他们是如何议论我的;知道他朋友们是怎么说的。他们说,我居然自大到认为我能嫁给他。但居斯塔夫过去常给我写信,描述我们婚后的样子。所以我憧憬一番,就错了吗?他们说,我居然自大到跑去克鲁瓦塞,在他家门口丢人现眼。但是我刚认识他那会儿,居斯塔夫常给我写信,说起我即将要去他家。所以我憧憬一番,就错了吗?他们说,我居然自大到认为我和他有朝一日会合写一部文学作品。但是他曾对我说,我的一个故事是杰作,我的一首诗可以让石头为之动容。所以我憧憬一番,就错了吗?

我也知道,当我们死后会发生什么。后世之人会妄下结论:他们天性如此。人们会站在居斯塔夫那边。他们会匆忙对我做出解读;他们会用我的慷慨来反对我,鄙视我所拥有的爱人;他们会将我斥为一个曾轻率地威胁并干扰作家写作的女人,而他们非常喜欢这个作家所写的东西。某人——也许甚至是居斯塔夫本人——会烧掉我的信；他自己的信（我小心翼翼保存着它们，但这其实对我自己非常不利）会流传下来，以证实那些思维懒惰的人脑中的偏见。我是一个女人，也是一个在有生之年就耗尽了自己声名的作家；基于这两点原因，我并不指望后人的太多同情或理解。我介意吗？我当然会。但今天晚上我不想报复谁；我听天由命了。我向你发誓。把你的手指再往下，握着我手腕。就是那儿；我告诉过你的。

12 布拉斯韦特的庸见词典

阿希尔

居斯塔夫的哥哥。表情忧郁，蓄长须。子承父业，并继承了父亲的教名。阿希尔承担了家族期望，居斯塔夫由此获得了从事艺术的自由。死于脑部软化。

路易·布耶

居斯塔夫的文学良心、助产士、影子、左睾丸和翻版。中间名是亚森特。每一个伟大人物都需要的不那么成功的另一个幽灵自我[1]。曾对一个腼腆女孩说过一句让人不敢恭维的恭维话："当胸很平的时

---

[1] 原文为德语。

候,你就距离心脏更近了。"

露易丝·科莱

1）乏味沉闷、胡搅蛮缠、性事糜烂的女人,不仅自己缺乏天赋,又理解不了他人的天赋。试图以婚姻绑住居斯塔夫。想一想吧,聒噪的孩子! 痛苦的居斯塔夫! 幸福的居斯塔夫!

2）勇敢大胆、充满激情、饱受误解的女人,因为深爱那个没心没肺、难以相处的外省人福楼拜,而被钉在了十字架上。她曾颇有道理地抱怨说:"居斯塔夫给我写信从来不谈除了艺术——或他自己之外的任何事情。"最早的女权主义者,她所犯下的罪愆,无非是想让别人获得幸福。

马克西姆·杜康

摄影师、旅行家、野心家、巴黎史学家、院士。用钢笔尖写作,而居斯塔夫多用鹅毛笔。为《巴黎评论》审查了《包法利夫人》。如果说布耶是居斯塔夫文学上的另一个自我[1],杜康则是他社交上的分身。因在自己回忆录中提及居斯塔夫的癫痫而被逐出文坛。

---

1 原文为法语。

癫痫

作为一种策略，使得身为作家的福楼拜避开了普通的职业生涯，也让身为男人的福楼拜避开了生活。问题仅仅是，这种策略对心理的影响有多大。他表现的症状是强烈的心理压力所造成的吗？如果他只是得了癫痫，那未免太落入俗套了。

居斯塔夫·福楼拜

克鲁瓦塞隐士。第一个现代小说家。现实主义之父。浪漫主义的屠夫。巴尔扎克和乔伊斯之间的浮桥。普鲁斯特的先行者。躲在窝里的熊。憎恨资产阶级的布尔乔亚。在埃及，他是"胡子爸爸"。圣波利卡普；克吕沙尔；夸拉冯；代理主教[1]；陆军少校；封建领主；沙龙白痴。所有这些头衔都落到了这个对加官晋爵毫无兴趣的人身上："荣誉使人受污，头衔使人堕落，职位使人迂腐。"

龚古尔兄弟

记住，龚古尔兄弟是如此评价福楼拜的："虽然生性坦诚，但他在说出自己所感、所痛或所爱时，绝非诚意十足。"还请记住所有人对

---

1 原文为法语。

龚古尔兄弟的评价：嫉妒他人、不可信赖的兄弟。也要进一步记住杜康、露易丝·科莱、福楼拜的外甥女或福楼拜本人的不可靠性。怒问：到底我们该如何了解一个人？

朱丽叶·赫伯特

"朱丽叶小姐。"这位19世纪中期在国外工作的英国家庭教师的操守尚未引起学界的足够关注。

反讽

现代的叙述模式：要么是魔鬼的标志，要么是神智健全者的水下呼吸器。福楼拜的小说引发的问题是：反讽就意味着排除同情吗？在他的字典里并无"反讽"词条。他的初衷也许就是为了表达反讽。

让-保罗·萨特

花了十年时间写《家庭的白痴》，他本可以用这段光阴写一本其他的小册子。一个精英做派的露易丝·科莱，对只想清静的居斯塔夫纠缠不休。结论是："人老时，宁可胡乱折腾，也比无所事事强。"

库恰克·哈涅姆

一次石蕊酸碱测验。居斯塔夫不得不在埃及娼妓和巴黎女诗人之间做出选择——一边是臭虫、檀香木油、修剪过的外阴、阴蒂切除和梅毒，一边是洁净、抒情诗、性方面相对而言的忠诚和女性权利。他发现两方旗鼓相当。

信

如果按照纪德的说法，这些信是福楼拜的杰作。如果相信萨特的话，这些信就是一个前弗洛伊德学派的诊疗椅上自由联想的绝佳范例。还是按照自己的感觉来吧。

福楼拜夫人

居斯塔夫的狱监、心腹、护士、病人、银行家和批评家。她说："你对句子的狂热追求让你的心灵干涸。"他觉得这个评价"极好"。参见"乔治·桑"。

诺曼底

终年潮湿。此处的居民狡猾、傲慢、寡言。你可以歪着头，评论说："当然,我们千万不能忘记,福楼拜就来自诺曼底。"

东方

熔炼出《包法利夫人》的坩埚。福楼拜离开欧洲时还是一个浪漫主义者,等到从东方回来时就变成了现实主义者。参见"库恰克·哈涅姆"。

普鲁士人

戴白手套的破坏者,懂梵语的钟表窃贼。比食人族或巴黎公社社员还要可怖。当普鲁士人从克鲁瓦塞撤退后,人们需要把房子熏蒸消毒一遍。

堂吉诃德

居斯塔夫是一个传统的浪漫主义者吗? 他热爱那种被放逐到物欲横流社会里的梦幻骑士。"包法利夫人就是我"[1]这句话是一个典故,引自临终前塞万提斯的一句话,当时他被问到那个著名主人公的原型是谁。参见"易装癖"。

---

1 原文为法语。

现实主义

居斯塔夫是一个新式现实主义者吗？他在公开场合对这个标签总是矢口否认："我正是因为痛恨现实主义，所以才写了《包法利夫人》。"伽利略曾公开否认地球绕着太阳转动。

乔治·桑

乐观主义者、社会主义者、人道主义者。未见之前，鄙视她；见过之后，热爱她。居斯塔夫的第二个母亲。在克鲁瓦塞停留之后，她给他寄去了自己的全套作品（七十七卷本的那一版）。

易装癖

居斯塔夫在青年时期："有些时候，一个人会很渴望成为女人。"居斯塔夫年长之后："包法利夫人就是我。"他的一个医生曾称其为"歇斯底里的老女人"，他认为这个评价"很深刻"。

美国

福楼拜很少提及这个自由的国度。对于未来，他曾写道："那会是实用主义、军国主义、美国和天主教的天下——非常天主教化。"他很可能喜欢国会山，胜过梵蒂冈。

伏尔泰

这位 19 世纪的伟大怀疑论者会如何看待这位 18 世纪的伟大怀疑论者？福楼拜是他那个时代里的伏尔泰吗？伏尔泰是他那个时代里的福楼拜吗？"人类的精神史，就是一部人类的愚蠢史。"[1] 这句话是他们当中哪一个说的？

妓女

要想在 19 世纪感染上梅毒，她们是不可或缺的，而要想在当时自称为天才，梅毒又是不可或缺的。佩戴这枚红色英勇勋章的人，包括福楼拜、都德、莫泊桑、儒勒·龚古尔、波德莱尔等。有哪个作家是没得过这病的？如果真的有，那这些人很可能是同性恋者。

木琴[2]

没有记录显示福楼拜曾经听过木琴演奏。圣桑[3] 曾在 1874 年的

1　原文为法语。
2　一种打击乐器，将木质琴键置于共鸣管上，用琴棒敲打以产生旋律。
3　法国作曲家、钢琴家、管风琴家，以其《第三交响乐》、交响诗《死之舞》和《动物狂欢节》最为著名。

《死之舞》中使用了木琴,以此来表现骨头发出的嘎嘎声;这一点也许会让居斯塔夫感兴趣。也许他在瑞士听过钟琴[1]。

伊沃托[2]

"看一眼伊沃托,死而无憾。"如果有人问你这句鲜为人知的警句出自何人之口,你可以神秘地微笑一下,并保持沉默。

埃米尔·左拉

伟大作家要为自己的信徒们负责吗?是谁选中的他们?如果他们称你为大师,你还能够去鄙视他们的作品吗?另一方面,他们的赞扬是诚心实意的吗?谁更需要谁:信徒更需要大师,还是大师更需要信徒?讨论一下,但无须下结论。

---

1 一种打击乐器,将金属琴键置于木箱上,用琴棒敲打以产生旋律。
2 法国上诺曼底的一个独立自治乡镇。

13 纯粹的故事

不管你怎么想,这是一个纯粹的故事。

当她死去时,你起初并不会感到吃惊。爱的一部分就是为死亡做好准备。当她死时,你感觉到爱得到了确认。你的感觉没错。所有的爱都有这么一部分。

接下来,你会感到疯狂。然后,就是寂寞:并不是你预料的那种了不得的孤独。你以为会是那种与地质有关的感觉——身处倾斜峡谷中的眩晕感——但其实并非如此;它不过就是如工作一般寻常的痛苦。我们医生说些什么? 我非常抱歉,布兰克太太;当然会有一段哀悼的日子,但放心吧,你会走出来的;我建议你每天晚上服用两片;也许找个新的爱好,布兰克太太;譬如汽车保养、编队舞啥的? 别担心,六个月以后,你就能回到正轨;随时都可以来找我;哦,护士,她来时,就给她同样的处方,行吗? 不,我不需要见她,死的人又不是她,看看积极的一面。她说自己叫什么来着?

然后，这件事发生在你身上。这没有什么好骄傲的。悲悼时有的是时间；时间是你唯一的所有。布瓦尔和佩库歇在他们的抄写本[1]中记录了一条"如何忘记逝去友人"的建议：托图勒斯（萨莱诺学校的学生）说，你应该吃酿馅猪心。我也许不得不求助这个方子。我试过了喝酒，但那又有什么用呢？酒能醉人，它也只能做到这一点。人们说，工作能治愈一切。它做不到；它甚至经常连疲倦都无法带来：你最多不过能得到一种神经上的倦怠。你有的是时间。再过一段时间。慢慢来。更多的时间。你手头总有时间。

　　另一些人认为你想找人说话。"你想聊聊埃伦吗？"他们问你，言外之意是说，假如你情绪失控，他们并不会感到尴尬。有时候你会找人说话，有时候不会；这几乎没区别。语言并不能准确达意；或者说，准确达意的语言并不存在。"语言就像一面破锣，我们在上面敲打出曲调，让熊跟着起舞，然而一直以来我们所渴望的，却是去感动星辰。"你说着话，然后发现关于丧亲之痛的语言如此愚蠢、浅薄。你似乎是在谈论别人的哀痛。我爱她；我们曾经是幸福的；我思念她。她过去并不爱我；我们曾经并不幸福；我思念她。能够说的祷告之词非常有限：快速嘟哝一些音节。

　　"也许这看起来很糟糕，杰弗里，但你会走出来的。我并没有看轻你的忧伤；只是我生活阅历太多，所以知道你会走出来的。"你一边飞快地写着处方，一边自言自语说着这番话（不，布兰克太太，这些药你可以全吃，不会要你命的）。的确，你确实从中走出来了。一年以后，

1　原文为法语。

五年以后。但你走出来的状态，并不像火车驶出隧道那样，呼啸着穿过唐斯丘陵，进入阳光灿烂的地带，然后咔哒咔哒地快速驶向英吉利海峡；你走出来的状态，就像是一只海鸥从浮油中出来。你终身遭受浇柏油、粘羽毛[1]之刑。

但你仍旧会天天想她。有时候，你厌倦了爱她这个死人，于是就想象她起死回生来和你交谈，征求你的意见。在他母亲死后，福楼拜曾让管家穿上她的格子衣服，用一种虚假的现实来为他制造惊喜。它有效果，但也不那么管用；安葬母亲七年之后，当看到别人穿着那件旧衣服在家里走动，他还是会潸然泪下。这算是成功，还是失败？是追忆故人，还是自我沉溺？假如我们开始拥抱自己的悲伤，并虚妄地乐在其中，我们会有所觉察吗？ "悲伤是一种罪。"（1878年）

或者，你试图回避她的模样。现在，当我想起埃伦，就会试着想起1853年鲁昂遭受的一场冰雹。"一次最剧烈的冰雹。"居斯塔夫对露易丝说。在克鲁瓦塞，墙树遭到了摧毁，花朵被砸成碎片，家庭菜园被毁于一旦。在其他地方，庄稼被毁，窗户被砸。只有装玻璃的工人很开心；那些装玻璃的，以及居斯塔夫。这片混乱狼藉令他高兴：短短五分钟，大自然就将真正的万物秩序，重新加之于那个短暂虚假、自负妄为的人类秩序之上。还有什么比盖在瓜果田上的玻璃钟形罩更愚蠢？居斯塔夫问。他为冰雹砸碎这些玻璃罩而鼓掌欢呼。"人们总是有些天真，以为太阳的作用就是为了帮助卷心菜生长。"

这封信每每能让我安神。太阳的作用不只是帮助卷心菜生长，而

1　一种曾盛行于欧洲封建时期和美国殖民地的私刑，将犯人浇上柏油后再粘上羽毛，游街示众。

我正要给你讲一个纯粹的故事。

她 1920 年出生, 1940 年结婚, 1942 年和 1946 年生育子女, 1975年去世。

我要重新开始。小个子本应该灵巧, 对吧; 但埃伦并非如此。她只有五英尺多一点, 却行动笨拙; 她走路磕磕绊绊。她很容易就弄出瘀伤却不自知。有一次, 她要莽撞地往皮卡迪利大街上冲, 被我紧紧地一把抓住手臂, 虽然她当时穿着外套和衬衫, 但第二天手臂处就显出了机器人铁爪的青紫色印痕。她对这处瘀伤未置一词, 当我向她指出时, 她竟不记得一头冲到马路上的事了。

我要重新开始。她是饱受疼爱的独女。她是被丈夫宠爱的唯一的妻子。她是被我恐怕不得不称为情人的人爱着(如果措辞无误)的女人, 尽管我确信他们当中有些人配不上这个词。我曾爱过她; 我们曾经幸福过; 我想念她。她当时并不爱我; 我们曾经不幸福; 我想念她。也许她已经被爱得有些腻烦了。二十四岁时, 福楼拜说他自己"成熟——的确, 属于早熟。但这是因为我是在温室里被养大的"。她是不是被爱得太多了? 大部分人都不能被爱得太多, 但也许埃伦是个例外。或者, 她心中爱的概念有所不同: 为什么我们总以为这东西不会因人而异? 也许, 对埃伦来说, 爱只是一个桑葚码头, 一个在浪大的海上登陆的地点。你不可能住在那儿: 匆忙上岸; 继续向前。旧爱呢? 旧爱就是一辆锈迹斑斑的坦克, 居高临下守卫着纪念石碑: 在这里, 当年, 某种东西获得了解放。旧爱, 是十一月的一排海滩度假小屋。

在一个离家很远的乡村酒吧, 我曾经不小心听到两个男人谈论贝蒂·科林德。名字也许不是这么拼的;但就是这个名字。贝蒂·科林德，贝蒂·科林德——他们从不说贝蒂，或那个叫科林德的女人,而总是说贝蒂·科林德。似乎她速度很快;当然,那些站着不动的人对速度总有些夸大。很快,这个贝蒂·科林德,酒吧里的男人满怀醋意地窃笑。"你知道他们是怎么说贝蒂·科林德的吧。"这是一个陈述,而不是提问,虽然后面接了个问题。"贝蒂·科林德和埃菲尔铁塔的区别是什么? 说说看,贝蒂·科林德和埃菲尔铁塔有什么区别? "停顿片刻,等待秘密知识的最后揭晓。"可不是所有人都上过埃菲尔铁塔。"

我在两百英里之外为我的妻子害臊。在她偷摸去过的地方,是否也有嫉妒的男人讲着关于她的笑话? 我不知道。而且,我夸张了。也许我并没有害臊。也许我并不在乎。我的妻子并不像贝蒂·科林德,不管贝蒂·科林德是什么样子。

1872 年,关于如何处理通奸妇女这个问题,法国文学圈有很多讨论。丈夫是应该惩罚她,还是宽恕她? 小仲马在《男人女人》中给出了简单的建议:"杀了她! "他的书在那一年重印了三十七次。

最初我很伤心;最初我很介怀,我瞧不起自己。我的妻子和其他男人上床:我应该为此忧心吗? 我并没有和别的女人上床:我应该为此忧心吗? 埃伦一直对我不错:我应该为此忧心吗? 并不是因为出轨的负罪才对我好,就是对我好。我工作勤勉;她对我来说是一个好妻子。现在你不可以说这种话了,但她对我来说是一个好妻子。我和别人没有私情,因为我没兴趣搞这种事;而且,医生乱搞女人的形象深入人心,令人生厌。埃伦确实有婚外情,我想,这是因为她的确对此有兴趣。我们曾经幸福过;我们曾经不幸福;我想念她。"把生活太当回

事,这样做到底是聪明,还是愚蠢?"(1855年)

难以言明的一件事是,她并未因此有多大改变。她并不堕落;她的精神并不粗俗;她没有欠债累累。有时,她离家的时间长得有些不正常;她购物时间虽长,但买回的东西却少得令人生疑(她并不是一个那么挑三拣四的人);她去城里剧院花几天时间追戏看,这种情况发生的频繁程度令我不悦。但她是一个诚实可信的女人:她只是在生活私密上对我撒谎。对这种事,她会疯狂地、不计后果地撒谎,令人倍感尴尬;但对于别的事,她都会和我讲实话。我不禁想起《包法利夫人》的起诉人在描述福楼拜的艺术时用到的措辞:他说这本书"虽然符合现实,却缺乏审慎"。

因为奸情而变得淫荡的妻子,是否对丈夫而言会显得更加充满诱惑力?不:既不增多,也不减少。我之所以说她并不堕落,部分意思就在于此。她是否展现了福楼拜笔下那种通奸妇女所特有的胆怯和温顺?没有。她是否像爱玛·包法利那样,"在通奸中重新发现了婚姻里一切的陈腐"?我们并未讨论过这个。[文本注释.《包法利夫人》第一版有"她婚姻里一切的陈腐"这句话。在1862年这一版中,福楼拜打算删掉"她"这个词,从而扩大这个说法的打击面。布耶建议他谨慎行事——距离上次官司才过去了五年——所以,这个物主代词(仅指爱玛和查理)在1862年和1869年的版本中得以保留。但福楼拜最终还是在1872年的版本中删除了它,于是这个更广义的控诉成为正式说法。]她是否发现——用纳博科夫的话说——通奸是超越凡俗的最凡俗的方式?我并不这么想:埃伦不用这样的词语来进行思考。她并非一个反抗者,没有一种自觉的自由精神;她是个鲁莽之人,意气用事,如脱缰之马,行动草率。也许我让她变得更糟了;也许那些喜欢宽恕和溺爱别人的人很讨厌,这种受讨厌的程度,比他们担心的更甚。"世上最可怕的折磨,是不能与所爱的人生活在一起;仅次之的,是与不爱的人生活在一起。"(1847年)

她身高只有五英尺多一点;她长着一张光滑的大脸,双颊常常带着红晕;她从不脸红;她的眼睛——正如我所说过的——蓝中带绿;无论神秘的八卦圈吹什么女性时尚风,她就会去找这样的衣服来穿;她很容易哈哈大笑,也很容易弄出瘀青;她做事情总是风风火火。她急忙往电影院冲,而我俩都知道那里要关门了;她七月份就去买冬季打折特卖商品;她要去堂姐家同住,可是第二天上午人家从希腊度假地寄来的卡片就到了。在这些行为中,突发奇想的成分要大过内心欲望。在《情感教育》中,弗雷德里克向阿尔努夫人解释说,他之所以把罗莎涅特当情妇,是"出于绝望,就像自杀的人"。当然,这是一种狡辩之词;却似乎有些道理。

在孩子们出生后,她的秘密生活中断了,等到他们上学,一切又故态复萌。有时候,一位相交甚浅的朋友会悄悄告诉我真相。可他们为什么就认为你想知道?或者说,为什么他们不认为你早已知情——为什么他们不理解爱人之间持久的好奇心?为什么这些相交甚浅的朋友从来没想过要偷偷告诉你更重要的事,即你不再被她所爱这个事实?我会熟练地岔开话题,说埃伦比我更喜欢结交朋友,暗示说医生这个职业总是会引来流言蜚语,还会说,你知道委内瑞拉发生了可怕的洪灾吗?在这些时候,我总是感到自己对埃伦不忠,也许,这种感觉是错误的。

我们曾经足够幸福;人们就是这么说的,对吧? 要多么幸福才是足够的幸福？这听上去像有语法错误——足够幸福，就像相当独特这种说法——但它满足了表达的需要。正如我所说的，她并未欠债累累。两位包法利夫人（人们忘记了查理结过两次婚）都是毁在钱的手上；我的妻子从来不会那样。据我所知，她也不接受别人的礼物。

我们曾经幸福过；我们曾经不幸福；我们曾经足够幸福。绝望是一种错误吗？难道它不正是生命在一定年龄之后的自然状态？我现在就是如此；她比我更早。在经过了很多事件之后，除了重复和衰弱，还有什么能剩下？谁会想继续生活下去？那些性格古怪的人，那些怀有信仰的人，那些从事艺术的人（有时是）；那些对自身价值有着错误认识的人。软奶酪会塌陷；硬奶酪能久放。但两者都会长霉。

我必须做一些假想。我必须去虚构（虽然当我管这个叫纯粹的故事时，虚构并非我的本意）。我们从未谈过她的秘密生活。所以我必须凭借虚构来抵达真相。埃伦大约五十岁时开始变得心事重重。（不，不是那个原因：她身体一直很好；她更年期过得很快，几乎没什么感觉。）她已经有了丈夫，孩子，情人，以及工作。孩子离开了家；丈夫总是老样子。她有朋友，还有被称为兴趣的东西；虽然和我不一样，她并没有对一个故去的外国人轻率地投入热忱，并以此作为生命的支柱。她去过足够多的地方旅行。她并没有什么未酬的雄心壮志（虽然在我看来，用"雄心壮志"来形容人们做事情的冲动，这有些大词小用）。她也不信教。为什么要继续生活？

"像我们这种人必须信仰绝望。你必须同自己的命运一样，也就是说，像它那样冷漠淡然。你说着'就是这样！就是这样！'，朝下看着自己脚底的黑色深渊，并由此保持镇定。"埃伦甚至连这个信仰都没有。为什么她应该信这个？因为我吗？绝望之人总是被劝诫去避免自私，去体恤他人。这似乎有失公平。凭什么要让他们在被自身重担所累时，还去为别人的福祉承担起责任？

也许还有某些别的原因。当某些人年纪大时，似乎会变得更加确信自己的重要性。另一些人则变得愈发低看自己。这对我有意义吗？我的平凡人生被某个稍微不那么平凡的人生所一语概括，放入其中，然后变得没有意义，难道不是这样吗？我并不是说在面对那些我们认为更有趣的人生时，我们应该去自我否定。但从这个角度来说，生活有点像是阅读。正如我前面说过的：如果你对一本书的全部反应已被职业批评家所复制和阐述，那么你阅读的意义何在？除非这是你自己的阅读。同样，为什么要过你的人生？因为它属于你自己。可是，如果这样一个回答渐渐变得不那么令人信服，那该怎么办？

别误解我的意思。我不是说埃伦的秘密生活让她走向了绝望。拜托！她的生活可不是什么道德童话。没有谁的生活是。我想说的是，她的秘密生活和绝望都隐藏在同一间心灵密室里，不向我敞开。我既触不到前者，也触不到后者。我试过吗？当然，我试过。但是，当她变得心事重重时，我并不惊讶。"愚蠢、自私和健康是幸福的三要素——不过，如果缺了愚蠢，另外两个也没什么用。"我的妻子只拥有健康的身体。

生活变得更好了吗？有天晚上，我在电视上看见桂冠诗人被问到这个问题。"如今我唯一觉得挺不错的，就是牙科医学。"他回答道；他想不到别的了。这只是尊古人士的偏见？我不这么认为。当你年轻时，认为老人之所以抱怨生活的堕落，是因为这样做会让他们更容易死而无憾。当你年老时，会对年轻人心生怨意，因为他们总为那些微不足道的进步而欢呼雀跃——发明某个新的电子管或链轮——却对世界上的野蛮暴行不以为意。我并不是说世道已经变得更糟糕；我只是说，就算变糟了，年轻人也不会注意到。旧时代是好的，因为那时我们还年轻，对于年轻人的无知程度还一无所知。

生活变得更好了吗？我会给出我的回答，说出我心目中等同于牙科医学的那个东西。如今我唯一觉得挺不错的，就是死亡。当然，这里尚存在进步的空间。但是我想到的是所有那些发生在 19 世纪的死亡。作家的死亡并不特殊；它们只是恰好被描述为死亡。我想到福楼拜躺在自己的沙发上，死于——隔得如此久远，谁又能说清楚——癫痫、中风或梅毒，或者也许是三者的恶性结合。然而，左拉称之为美丽的死亡[1]——就像一只昆虫被巨大的手指捏死。我想到了布耶临终前的狂乱，他急不可遏地在脑中构思出一部新剧，然后声称一定要读给居斯塔夫听。我想到了儒勒·德·龚古尔慢慢终老的情形：起初，他在发辅音时变得磕巴，c 在他嘴里变成了 t；然后，他变得没法记住自己书的名字；然后，他的脸上出现了那种痴呆患者（用他兄弟的话说）的憔悴神态；然后，就是临终床前的幻觉和惊恐，以及整夜的呼哧呼哧喘气声，听上去就像（再次用他兄弟的话说）用锯子锯湿木头。我想到了莫泊桑因为同样的病而身体渐渐垮掉的情形，他穿着紧身衣，被运送到布朗什医生的帕西疗养院里，该医生则不断向巴黎的沙龙提供这位著名病人的消息，并以此作为谈资；波德莱尔也死得同样无可救

1　原文为法语。

234

药,他当时已无法说话,只能用手指着落日,和纳达尔打哑语辩论上帝是否存在;兰波,右腿截肢,余肢渐渐也失去了全部知觉,他放弃并截断了自己的天赋——屎一样的诗歌[1];都德"从四十五岁一下子跳到了六十五岁",他的关节坏死了,要连续打五针吗啡才能换来一夜的精神焕发和机智聪慧,他很想自我了断——"但是人没有这个权利"。

"把生活太当回事,这样做到底是聪明,还是愚蠢? "(1855 年)埃伦躺在那里,一根管子插在喉咙里,一根管子连着加了保护垫的前臂。呼吸器装在白色的长方形盒子里,有规律地喷射着生命气体,监护器则对之进行确认。当然,这是莽撞之举;她突然跑开,逃之夭夭。"但是人没有这个权利"? 她有。她甚至没有和我讨论过。她对于绝望的信仰毫无兴趣。心电图曲线在监护器上展开;熟悉的字迹。她状况稳定,但是毫无希望。现在,我们不会把 NTBR——不予复苏的英文缩写[2]——写在病历卡上;有些人觉得这样做太无情了。相反,我们会用"禁止 333"来替代。这是最后的委婉语。

我低头看着埃伦。她并不堕落。这是一个纯粹的故事。我给她关掉开关。他们问我是否需要代劳;但是我觉得她会希望由我来做这件事。当然,我们并未商量过此事。这并不复杂。你按下呼吸器上的按钮,然后读到心电图最后那一段轨迹:这是一个告别的签名,结尾就是一条笔直的线。我拔出管子,然后给她把手臂摆好。你要迅速地做完,似乎是不想过多打扰到病人。

病人。埃伦。回到早先那个问题,你也许可以说,我杀了她。你

1 原文为法语。

2 即"Not To Be Resuscitated",意思是病危时不再做抢救。

可以这么说。我关掉了她。我终止了她的生命。的确如此。

埃伦。我的妻子：我觉得我对她的了解，还不如对一个已经死去了一百年的外国作家。这是咄咄怪事，还是正常情况？书上说：她这么做是因为。生活说：她这么做了。书总会把原因解释给你听；生活不提供任何解释。我对于一些人更喜欢书毫不意外。书让生活合理化。唯一的问题是，它们所弄明白的生活，不过是别人的生活，从来都不是自己的。

也许我太容易顺从了。我自己的情况还算稳定，却也无望好转。也许，这是一个性格问题。还记得在《情感教育》中那次失败的妓院之旅吧，别忘记那件事的教训。不要参与其中：幸福在于心动，而不是行动。幸福，始于期待，然后止于追忆。福楼拜式性格就是如此。对比一下都德的情况，还有他的性格。他学生时代的狎妓之行没有出现意外，非常成功，以至于他在那里待了两三天。姑娘们大部分时间都把他藏起来，因为担心警方的突击搜查；她们喂他吃小扁豆，对他倍加宠爱。他后来承认，这次令人眩晕的生死考验，让他一辈子都深爱着和女人肌肤相亲，但也痛恨了小扁豆一辈子。

有些人踯躅不前，左观右望，既担心收获失望，又担心获得满足。另一些人向前直冲，享受人生，也承担风险：最糟时，他们也许会染上恶疾；最好时，他们也许会全身而退，顶多因此一辈子讨厌豆子。我知道自己属于哪个阵营；我也知道可以在哪个队伍里找到埃伦。

人生格言。世间罕有完美的结合。[1] 你无法改变人性，只能了解

1　原文为法语。

它。幸福是一件鲜红的斗篷，它的衬里全是碎布。爱人就像是连体婴儿，两具身体，一个灵魂；但假如其中一个先死，活下来的那个就要终日拖着一具尸体。因为骄傲，我们渴望为事物找到解决办法——一个办法，一个目的，一个最终的原因；但望远镜越是先进，就会看到越多的星星。你无法改变人性，只能了解它。世间罕有完美的结合。

关于格言的格言。你哪怕一个字都没发表过，也可能讲出关于写作的真谛；关于生活的真谛，只有当一切都已覆水难收时，才能讲得出来。

根据《萨朗波》中的说法，迦太基的大象骑兵过去要装备棒槌和凿子。假如战斗中这个动物有失控的危险，大象的驾驭者会被命令去敲碎它的脑壳。发生这种事情的概率应该是相当之高：为了让它们更加凶猛，大象首先要用一种酒、香料和辣椒的混合物麻醉，然后用矛去戳逗它们。

我们很少有人敢去用棒槌和凿子。埃伦敢。有时候，对于人们的同情，我会感到尴尬。"这对她而言更糟糕。"我想说；但是我没说出口。他们展现着仁爱，答应带我出去，就仿佛我是个孩子，他们逼我开口说话，觉得是为了我好（为什么他们会认为我不知道自己怎样才算是好？），在这一切做完之后，我才会被允许坐下来，稍微去梦想一下她。我想到了1853年的冰雹，想到了被打碎的窗户，被摧毁的庄稼，被破坏的墙树，以及被粉碎的瓜田玻璃罩。还有什么东西比瓜田里的钟形玻璃罩更愚蠢？为打碎这堆玻璃的石头而喝彩吧。人们对于太阳的功用理解得太肤浅了。太阳不是用来帮助卷心菜生长的。

14 考卷

考生必须回答**四道**问题：第一部分的**两题**必答，第二部分选两题作答。评分依据回答问题的正确与否；课堂报告或答题字迹不计入成绩。回答问题时戏谑玩笑或过分简短都将被扣分。时间：**三个小时**。

第一部分：文学批评

第1题

近年来，考官们开始发现，考生愈发难以区分艺术和生活。大家都声称明白其中的区别，但解读却千差万别。对有些人来说，生活丰富而滑腻，它是依照古老的乡村食谱，从纯天然物产中酿造而成，而艺术是一种寡淡的商用甜品，主要由人工色素和调味品构成。对另一些人而言，艺术是更加真实的东西，它充实、热闹，可以怡情，而生活比最糟糕的小说还要差劲：没有叙事，里面的人要么无聊，要么无赖，缺乏智趣，充斥着烦人琐事，结局总是意料之中，毫无悬念。支持后一种观点的人喜欢引用洛根·皮尔索尔·史密斯的话："人们说生活是根本；但我更喜欢读书。"建议考生不要在答题时引用这句话。

依据下面任意两个陈述或情形，思考艺术和生活的关系。

ⓐ

"前天，在图克河附近的树林里，在一眼泉水附近的迷人去处，我不小心发现了一些雪茄烟蒂和馅饼屑。那儿曾经有过一次野餐！十一年前，我曾在《十一月》中描述过一模一样的情景！那时这纯粹是想象，但不久前就变成了活生生的经历。你所发明的一切都是真实的；你要相信这一点。诗歌是如同几何学一样精确的学科……我可怜的包法利，此刻肯定还在法国的二十处乡间受难、流泪。"——致露易丝·科莱的信，1853 年 8 月 14 日

ⓑ

在巴黎，福楼拜坐的马车门窗紧闭，为的是躲避露易丝·科莱的察觉（也可能是引诱）。在鲁昂，莱昂租了一辆门窗紧闭的马车，用于引诱爱玛·包法利。在汉堡，《包法利夫人》出版还不到一年，人们就可以租到用于性活动的马车，它们被称为"包法利"车。

ⓒ

（当他的妹妹卡罗琳弥留之时）"我自己的眼睛如大理石一样干涸。奇怪的是，小说中的忧愁让我打开心闸，情感奔涌，而在我心中，真实的忧伤依然坚硬、苦涩，它们刚一出现，就会变成结晶体。"——致马克西姆·杜康的信，1846 年 3 月 15 日

ⓓ

"你说我认真地爱过那个女人（施莱辛格夫人）。我没有；这并不是真的。只有当我给她写信时，凭着我以笔生情的能力，我才会认真地对待我的对象：但那只是当我在写作时。许多东西，当我看见或听到时，能够淡然处之，但是当我自己去谈论它们，或者——尤其是——当我写到它们时，会变得热情、烦躁或痛苦。这就是我江湖骗子本色的一个体现。"——致露易丝·科莱的信，1846 年 10 月 8 日

ⓔ

朱塞皮·马尔科·菲耶斯基（1790—1836）因为卷入刺杀路易·菲利普的阴谋而声名狼藉。他曾住在邓普尔大街，并在人权社两个成员的帮助下，制造了一台"地狱机器"，它由二十个枪筒组成，可以同时发射子弹。1835 年 7 月 28 日，当路易·菲利普和他的三个儿子及众多随从乘车经过此地时，菲耶斯基对着王族众炮齐发。

几年以后,福楼拜搬进了邓普尔大街相同地点修建的一栋房子里。

ⓕ

"是的,没错! 这个(拿破仑三世统治的)时代将给一些伟大作品提供素材。也许,根据世间万物的和谐之理,政变及其造成的各种后果不过是为了向少数文人才子提供一些有趣的场景。"——杜康《文学回忆录》中福楼拜的说法

第 2 题

分析福楼拜在下述引言中对于批评家和批评的态度是如何走向成熟的:

ⓐ

"这些都是真正愚蠢的事物:1)文学批评,不论是好还是坏;2)禁酒协会……"——《私人笔记》

ⓑ

"宪兵身上有着某种极为怪诞的本性,让我总是对他们忍俊不禁;这些法律的捍卫者就像律师、治安官和文学教授们那样,总会在我这里制造出一些喜剧效果。"——《在河滨和田野那边》

ⓒ

"你可以根据一个人树敌的多少来计算此人的价值,也可以根据一部艺术作品受到攻讦的程度来衡量它的重要性。批评家就像是跳蚤:它们喜欢干净的棉麻衣服,钟爱各种蕾丝花边。"——致

露易丝·科莱的信，1853 年 6 月 4 日

ⓓ

"文学批评在文学的等级制度中居于底层：就形式而言，几乎总是如此；就道德价值来说，其底层性无可争议。它甚至还不如押韵游戏和离合诗[1]，后者至少还需要一点点创新。"——致露易丝·科莱的信，1853 年 6 月 28 日

ⓔ

"批评家！永远的平庸之辈，靠着诋毁和利用天才为生！一群甲壳虫，它们将艺术中最精美的篇章撕为碎屑！我已经受够了印刷术以及人们对它的滥用，假如皇帝打算明天废除一切印刷行为，我将跪着一路爬到巴黎，亲吻他的屁股作为感激。"——致露易丝·科莱的信，1853 年 7 月 2 日

ⓕ

"文学感是多么稀罕的一个东西！你以为知道一些语言、考古和历史之类的知识就会有用。但压根无济于事！一般来说，那些受教育的人在处理艺术问题时正变得愈发无能。他们甚至连艺术是什么都不懂。他们觉得注释要比正文有趣。他们重视拐杖胜过腿脚。"——致乔治·桑的信，1869 年 1 月 1 日

ⓖ

"那种知道自己在说什么的批评家实在是太罕见了。"——致欧仁·弗洛芒坦的信，1876 年 7 月 19 日

---

[1] 每行的某些字母组合起来能构成词的一种诗体。

ⓗ

"他们受够了老套的批评方式,就去找一些新法子,请人去报纸上写戏剧评论。多么自信!多么顽固!多么缺德!杰作遭到侮辱,庸作受到吹捧!那些所谓的学者犯下多少大错,那些所谓的智者是多么愚蠢!"——《布瓦尔和佩库歇》

第二部分

经济学

福楼拜和布耶读同一所学校;他们有着相同的思想,共享同样的妓女;他们有着一致的美学原则,相似的文学野心;他们都曾试图将戏剧作为第二体裁。福楼拜称布耶为"我的左睾丸"。1854 年,布耶在居斯塔夫和露易丝常去的芒特旅馆住了一晚上:"我睡在你们的床上,"他说,"在你们的厕所里拉了屎(多么奇怪的象征手法!)。"诗人总是要为生计而忙碌;但小说家从来不必如此。请思考,假如两人的经济状况颠倒过来,会对他们的写作和名声有何影响?

地理

"没有一个地方的空气比这里更令人昏昏欲睡。我怀疑福楼拜之所以工作效率低下,与此有莫大的关系。当他觉得自己是在和语言做斗争时,其实他是在与天为敌;也许,在另一种气候下,当干燥的空气让他精神振奋时,他也许会不那么急躁,或者能不那么费劲地达到自己的目标。"(纪德,1931年1月26日,写于海滨塞纳省库佛维耶镇。)请论述。

逻辑 (与医学)

ⓐ

阿希尔-克莱奥法斯·福楼拜在和小儿子争论时,让他解释一下文学有什么作用。居斯塔夫将问题扔还给了他的外科医生父亲,让他解释一下脾脏有什么作用:"你对此一无所知,我也不知道,只是我们知道,它是我们身体器官不可或缺的,就像我们的精神世界少不了诗歌一样。"福楼拜医生被打败了。

ⓑ

脾脏由淋巴细胞组织(或称为白髓)和血管网络(或称为红髓)组成。它的重要作用是从血液中移除衰老或受损的红细胞。它积极制造抗体:脾脏被切除的人抗体也较少。有证据显示,一种被称为促吞噬肽的四肽源自脾脏中产生的蛋白质。虽然脾脏被切除(尤其是在儿童时期)会增加患脑膜炎和败血症的概率,但它已经不再被视为必不可少的器官:移除它不会明显影响个体的健康程度。你由此可以得出何种结论?

传记 (与伦理学)

马克西姆·杜康为露易丝·科莱拟的墓志铭是:"长眠于此的

她曾伤害过维克多·库赞,嘲讽过阿尔弗雷德·德·缪塞,谩骂过居斯塔夫·福楼拜,还试图刺杀阿方斯·卡尔[1]。愿灵魂安息。[2]"杜康在《文学回忆录》中发表了这篇墓志铭。谁更因此受益:露易丝·科莱,还是马克西姆·杜康?

心理学

E1 生于 1855 年。

E2 部分生于 1855 年。

E1 有过幸福的童年,但成年后有精神危机的倾向。

E2 有过幸福的童年,但成年后有精神危机的倾向。

E1 在思想正统的人眼中,过着非正常的性生活。

E2 在思想正统的人眼中,过着非正常的性生活。

E1 猜测自己会陷入财务困境。

E2 知道自己会陷入财务困境。

E1 吞食氢氰酸自杀。

E2 吞食砒霜自杀。

E1 是埃莉诺·马克思。

E2 是爱玛·包法利。

《包法利夫人》的第一个英文译本是由埃莉诺·马克思翻译的。

请论述。

1　法国批评家、记者和小说家。

2　原文为拉丁语。

心理分析

请对 1845 年福楼拜在拉马尔戈记下的这个梦做一些猜测性分析："我梦见和母亲一起在大森林里散步，那里到处都是猴子。我们走得越远，猴子就越多。它们在树枝上又笑又跳。它们越聚越多；它们变得越来越大；它们挡住了我们的去路。它们一直盯着我看，我害怕了。它们绕成一大圈包围住我们：其中一个猴子还想轻轻摸我，还抓住我的手。我用来复枪击中了它的肩部，它鲜血直流；它开始发出可怕的嚎叫声。然后我母亲对我说：'为什么要伤害它？它是你的朋友。它对你做了什么吗？你看不出来它爱你吗？看不出它长得和你一样吗！'这只猴子正看着我。我感觉到灵魂被撕裂了，然后梦醒了……感觉我与这些动物融为一体，和它们亲密无间地处于一种温柔的、泛神论的心灵交流中。"

集邮

1952 年，居斯塔夫·福楼拜出现在法国邮票上（面值为八加二法郎[1]）。这是一幅无甚特色的"仿 E. 吉罗"肖像，画中的小说家——面相上看有点像中国人——被加上了不太相称的现代衬衫和领带。这张邮票在为"国家救灾基金"筹款而发行的系列邮票中面额最低：高

1　八法郎为邮票实际面额，二法郎为购买邮票时的附捐额，多为公益慈善用途。

面额的邮票纪念的是(从高到低为序)马奈、圣桑、普恩加莱[1]、奥斯曼[2]和梯也尔[3]。

龙沙[4]是首位出现在邮票上的法国作家。维克多·雨果的肖像则在 1933 年和 1936 年之间出现在三种不同邮票上,还有一次出现在为"失业知识分子救助基金"筹款而发行的系列邮票中。阿纳托尔·法朗士的肖像在 1937 年被该慈善机构用于筹款;巴尔扎克的肖像则是在 1939 年被使用。都德的磨坊[5]于 1936 年登上了邮票。贝当时期的法国用邮票纪念了弗雷德里克·米斯特拉尔[6]和司汤达。圣埃克苏佩里、拉马丁和夏多布里昂在 1948 年登上邮票;波德莱尔、魏尔伦和兰波在"颓废派"浪潮盛行的 1951 年登上邮票。同一年,集邮爱好者还在邮票上见到了阿尔弗雷德·德·缪塞,他在福楼拜之后成了露易丝·科莱的床上伴侣,却比福楼拜还早一年出现在公共信封上。

ⓐ

我们该替福楼拜感到不值吗? 倘若如此,我们是否也应该多多少少替米什莱[7](1953 年)、奈瓦尔[8](1955 年)、乔治·桑(1957 年)、维尼(1963 年)、普鲁斯特(1966 年)、左拉(1967 年)、圣伯夫

---

1 法国政治家,法兰西第三共和国总统。
2 巴黎市政规划改革者。
3 法国政治家和历史学家,法兰西第三共和国首任总统。
4 法国诗人。
5 指的是都德于1866年出版的短篇故事集《磨坊书简》。
6 法国诗人,曾获1904年诺贝尔文学奖。
7 法国历史学家。
8 法国象征主义和浪漫主义诗人、散文家。

（1969）、梅里美和大仲马（1970年）或戈蒂埃（1972年）鸣不平？

ⓑ

请估计一下路易·布耶、马克西姆·杜康或露易丝·科莱出现在法国邮票上的可能性。

语音学

ⓐ

福楼拜1850年在开罗住过一个叫尼尔的酒店，它的一位共同产权持有人叫"包法"（Bouvaret）。他第一部小说的主人公叫"包法利"；他最后一部小说其中一个主人公叫"布瓦尔"（Bouvard）。在他的剧本《候选人》里，有一个人叫"布维尼"（Bouvigny）伯爵；在他的剧本《心灵的城堡》中，有一个人叫"布维纳"（Bouvignard）。这都是刻意为之吗？

ⓑ

福楼拜的名字最初在《巴黎评论》上被错印成"福拜"（Faubert）。黎塞留大街有一个杂货商就叫"福贝"（Faubet）。《新闻报》在报道《包法利夫人》的官司时，称它的作者为"富拜"（Foubert）。马丁娜，乔治·桑的闺蜜，管他叫"福莱包"（Flambart）。住在贝鲁特的画家卡米耶·罗吉耶叫他"富尔拜"（Folbert）："你懂得这个笑话的微妙之处了吧？"居斯塔夫给母亲写信说道。（什么笑话？也许，它指的是用两种语言表达的小说家自我形象：罗吉耶正称他为疯狂狗熊。）布耶也开始叫他富尔拜。在他过去常与露易丝见面的芒特，有一个咖啡馆叫"福莱拜"（Flambert）。这都是巧合吗？

ⓒ

按照杜康的说法，包法利这个名字中的"o"应该发短元音（就像是 bother 这个词）。我们应该听他的吗？如果应该，为什么？

戏剧史

请评估以下舞台说明在实践中的技术难度（《心灵的城堡》，第六幕，第八场）：

炖锅的手柄已经变形为翅膀，飞升到空中，翻了个身。炖锅变得越来越大，似乎已笼罩在整个城市的上方，而从里面倒出来的蔬菜——胡萝卜、萝卜和韭菜——仍然悬在空中，变成了璀璨的星群。

历史（与占星术）

请思考居斯塔夫·福楼拜的如下预言：

ⓐ

（1850 年）"我觉得用不了多久，英国很可能就会控制埃及。亚丁已经到处都是英国军队了。这再容易不过了：跨过苏伊士河，在某个晴朗的早晨，开罗就会到处是英国军人。这个消息几周之后会传到法国，我们都将大吃一惊！记住我的预言。"

ⓑ

（1852 年）"随着人类不断完善自我，他们也变得日益退化。当一切都沦为经济利益的算计和平衡，美德如何还有一席之地？当自然被人类征服改造得原貌尽失，造型艺术该何去何从？这样的问题还有不少。与此同时，世界将变得非常暧昧不明。"

ⓒ

（1870 年，在普法战争爆发之际）"这将意味着种族冲突的回归。用不了一个世纪，我们就会看见数百万人在一瞬间遭到杀戮。东方反抗西方，旧的世界反抗新的世界。不是这么回事吗？"

ⓓ

（1850 年）"我不时会打开报纸看看。世界似乎在以令人眩晕的速度前进。我们不是在火山的边缘，而是在厕所的木座垫上跳舞，而在我看来，这个垫子已经严重腐烂。很快，社会就要一头栽进去，淹没在 19 世纪的粪堆里。到时候，会有不少人大呼小叫。"

ⓔ

（1871 年）"共产国际的成员是未来的耶稣会会士。"

15 至于说那只鹦鹉……

至于说那只鹦鹉？哦，我花了差不多两年时间，才搞清楚了鹦鹉标本的事。我第一次从鲁昂回来时写的信没带来任何帮助；有些信甚至没收到回复。大家一定认为我是个怪人，一个上了年纪的业余学者，抓住了一点边角料，就可怜兮兮地想扬名立万。然而，年轻人实际上比老年人更加古怪——更以自我为中心，更喜欢自我摧残，甚至就是单纯的怪里怪气，而且程度大得多。只是媒体对他们更加娇惯罢了。当一个八十岁、七十岁或五十四岁的人自杀，人们会称之为大脑软化、绝经后抑郁症，或是最后炫耀一次可耻的虚荣心，只为了让别人感到愧疚。当一个二十岁的人自杀，人们会说这个人对生活给予的卑劣条件做出了高尚的拒绝，这种行为不仅勇气可嘉，而且富有道德感，充满社会背叛的精神。活着？老人可以替我们做这件事。当然，这是纯粹的痴人痴语。我是以医生的身份说这番话的。

既然说到了这个话题，那么我得说一下，关于福楼拜死于自杀的说法,也纯属痴人痴语。这种痴语来自一个人:他叫埃德蒙·勒杜,鲁昂人。这个痴人说梦的家伙在福楼拜传记中冒出来过两次;每次他所做的,就是传播谣言。他第一次说招人讨厌的话,是断言福楼拜其实与朱丽叶·赫伯特订了婚。勒杜声称看见了一本《圣安托万的诱惑》,上面写有居斯塔夫给朱丽叶的题词赠我的未婚妻[1]。奇怪的是,他是在鲁昂看见的这本书,而不是在朱丽叶定居的伦敦。奇怪的是,没有别人看到过这本书。奇怪的是,这本书没有保存下来。奇怪的是,福楼拜从未提到过这次订婚。奇怪的是,这个举动完全违背了他自己的信仰。

同样奇怪的是,勒杜另一个诽谤之词——关于自杀——也与作者内心深处的信仰相悖。听听他是怎么说的。"我们应学会动物的那种谦卑,它们受了伤后只是躲到角落里,沉默不语。世上到处都是那些对着命运痛号的人。哪怕仅是出于礼貌,我们也应该杜绝他们那种行为。"然后,他说的另一句话又在我脑海中响起了:"像我们这种人必须信仰绝望。你说着'就是这样!就是这样!',朝下看着自己脚底的黑色深渊,并由此保持镇定。"

这不是自杀的人会说的话。说这些话的人,内心所秉承的悲观主义,和他们心中的斯多葛主义一样深刻。受伤的动物不会自戕。假如你懂得对黑色深渊的凝望会带来平静,那么你就不会跳下去。也许这是埃伦的弱点:无法去凝视黑色深渊。她只能不断地斜眼瞅瞅。每扫视一眼,她都会感到绝望,而这种绝望会让她去寻找疏解。有些人

1　原文为法语。

对着黑色深渊一望到底；有些人视而不见；那些总是不断瞥望它的人，变得难以自拔。她选择了准确的剂量：当一个医生妻子的唯一好处，似乎就体现在这里了。

勒杜对于那次自杀的描述是这样的：福楼拜在洗澡时自缢。我猜这要比说他吃了安眠药后触电自杀更有可信度；但实际上……事情的经过是这样的。福楼拜起了床，洗了热水澡，中风发作了，然后他跟跄着来到书房的沙发上；医生在这里发现了奄奄一息的他，然后给他开了死亡证明。这就是事情真相。故事到此为止。福楼拜第一本传记的作者和这位医生谈过话，就是这样。勒杜的版本需要有以下的事件链条：福楼拜去洗热水澡，以一种不为人知的方式吊死了自己，然后爬了出来，藏起了绳子，跟跟跄跄去了书房，瘫倒在沙发上，然后等医生到时，设法伪装成中风症状再死去。真的，这也太荒唐了。

他们说，无风不起浪。恐怕不一定。埃德蒙·勒杜就是一个无风也起浪的最佳例子。这个勒杜到底是何方神圣？似乎没人知道。他不是任何领域的权威。他完全是一个小人物。他的存在只是为了讲述两个谎言。也许福楼拜家族里某个人曾经伤害了他（阿希尔是不是没治好他的拇指囊肿？），他就借机报复。因为这意味着绝大多数关于福楼拜的书都不得不讨论一番——但最后总是对此说法嗤之以鼻——这个自杀话题。如你所见，这里就在重蹈覆辙。这又是离题万里的话，它口吻中的道德愤慨很可能会适得其反。我本来是打算写写鹦鹉的。至少勒杜对鹦鹉没什么说法。

但我却有。我不仅有自己的说法。如我所言，我花了两年多的时间做这事。不，那是吹牛：我真正的意思是，从问题的出现到解决，两年的时间过去了。一个特别势利眼的学者收到我的信后,甚至说这个事情根本没什么意义。好吧,我猜他是想捍卫自己的领域。但是,有人告诉了我一个人,名叫卢西恩·安德里先生。

我决定不给他写信;毕竟,目前我的信并没有收到太大成效。相反,1982 年 8 月的夏天,我去了一趟鲁昂。我住在北方大酒店,此处靠近"大时钟"[1]。在我房间的角落,有一根污水管,从天花板连到地板。这根管子的外层裹得很差劲,每隔五分钟左右就要冲着我大声吼叫,似乎里面运送着整个酒店的污秽。晚饭之后,我躺在床上,听着高卢人的排泄物不时喷涌直下。然后,大时钟报时了,声音响亮,近在咫尺,仿佛就藏身于我的衣橱里。我心想晚上可能睡不好了。

我的担心是多余的。十点钟以后,污水管安静了下来;大时钟也没了声响。也许它在白天是旅游景点,但在游客们打算睡觉时,鲁昂人就体贴地关掉了它的报时装置。我仰面躺在床上,熄了灯,思考着福楼拜的鹦鹉:对费莉西泰而言,它是怪诞却符合逻辑的另一个圣灵;对我而言,它是一个拍动双翅、扑朔迷离的象征物,代表了作家的声音。当费莉西泰在床上弥留之际,鹦鹉重回她身旁,模样变得巨大,欢迎她进入天堂。当我迷迷糊糊进入梦乡时,好奇自己会做个什么梦。

它们不是关于鹦鹉的。我倒是做了一个关于铁路的梦。梦见战争期间,在伯明翰换火车。远处的守车[2]在站台的尽头,慢慢驶出。我的行李箱摩挲着小腿。列车里一片漆黑;火车站灯光晦暗。列车时刻表我看不太清楚,上面数字模糊。哪里都没有希望;没有别的火车了;

---

1 鲁昂的一个著名景点,是一个 1389 年制造的天文钟,安装在一个文艺复兴式拱门之上。
2 又称望车,一般挂在货运列车的尾部,用来瞭望车辆及协助刹车。

凄凉，黑暗。

　　如果梦有意义，你就认为它会成真吗？但是，梦根本不知道自己是如何影响做梦的人，就如同梦本身也不懂精微和分寸。这个关于车站的梦——我大概每三个月就会做一次——只是自我重复，就像是无休止循环播映的电影，直到我从梦中醒来，感到胸痛和压抑。我那天早上醒来时，同时听到了报时和排泄的声音："大时钟"和房间角落的排污管。时间和粪便：居斯塔夫笑了吗？

　　在主宫医院，还是那个形容消瘦的白衣看门人带我参观。在博物馆的医学馆区，我注意到了一个从前没留意的东西：自助式灌肠气泵。居斯塔夫·福楼拜的痛恨之物："铁路、毒药、灌肠气泵、奶油馅饼……"它由一个木质的窄凳、一个空的尖状物和一个垂直的手柄组成。你跨坐在板凳上，渐渐地将尖头塞进去，然后将自己泵满水。呃，这个至少可以让你拥有隐私。看门人和我会心地坏笑了一下；我告诉他我是医生。他笑了笑，去给我拿个东西，说我肯定会感兴趣。

　　他回来时，拿着一个很大的鞋盒子，里面有两个做了防腐处理的人头。皮肤仍旧完好无损，虽然岁月已经让它变成了棕褐色：也许，就像是一罐陈年红浆果酱的那种棕褐色。大部分牙齿都还在，但是眼睛和头发已经没了。其中一个头颅还重新配上了劣质的黑色假发和一对玻璃眼珠子（它们是什么颜色？我不记得了；但我确定，没有爱玛·包法利的眼睛那么复杂）。原本是想让这颗脑袋更像真的，但效果适得其反：它就像是儿童玩的恐怖面具，是玩具商店橱窗里摆的那种"不请客就捣蛋"的面具脸。

　　看门人解释说，这两个头颅是让-巴蒂斯特·洛莫尼耶的作品，此人是阿希尔-克莱奥法斯·福楼拜在医院的前任。洛莫尼耶当时在寻找新的手段来保存尸体；市政府允许他拿被处决犯人的头颅做实验。我想起了居斯塔夫童年的一件小事。那时他六岁，有一次和叔叔帕兰出去散步，经过了一处刚刚行刑过的断头台：鹅卵石上还有鲜红的血迹。我满怀希望地提起此事；但是看门人摇了摇头。这原本可能是一个不错的巧合，但日期对不上。洛莫尼耶是 1818 年去世的；而且，鞋盒里的两个标本实际上并不是被砍头处死的。他给我看下巴下面的深印，这是当时绞刑套索留下的。当莫泊桑在克鲁瓦塞看见福楼拜尸体时，脖子是黑肿的。这是中风的症状。一个人如果是在浴室里自缢，不会留下这种印记。

　　我们继续在博物馆参观，直到来到那个存放鹦鹉的房间。我拿出我的宝丽来相机，他准许我拍照。当我将正在显像的相纸放在腋窝下时，看门人将我初次来访时就注意到的信函复印件指给我看。1876 年 7 月 28 日，福楼拜致布雷恩夫人："你知道最近三周来我把什么放在眼前的书桌上？是一个鹦鹉标本。它就在那里站岗放哨。看到它，我开始有点烦了。但还是留着它，这样我就能让自己脑海中充满了鹦鹉。因为我目前正在写一个爱情故事，是关于一个老姑娘和一只鹦鹉。"

　　"这是原来那只鹦鹉，"看门人说，用手轻拍着我们跟前的玻璃罩，"就是那只。"

　　"另一只呢？"

　　"另一只是假冒的。"

　　"你确定吗？"

"很简单。这一只来自鲁昂博物馆。"他指着栖木一头的圆印章，然后让我注意一份从博物馆登记处复印来的单据。上面记录了福楼拜借走的一批物品。大部分单据是以博物馆内部的某种简写方式记录的，我根本看不懂，但这个亚马孙鹦鹉的借条却清晰可辨。在单据最后一栏上打了一系列对钩，说明福楼拜已经将所有借走的物品归还了。包括那只鹦鹉。

我隐约感到有些失望。我总是有个多情的猜测——并无确切原因——那只鹦鹉是作家死后从他的遗物中找到的（毫无疑问，这解释了为什么我私底下更喜欢克鲁瓦塞那只鸟）。当然，这份复印件不能说明任何问题，除了证明福楼拜的确从博物馆借走过一只鹦鹉，而且已经归还。博物馆的印章有点难驳倒，但也不是最终证据……

"我们的鹦鹉是真的。"看门人带我出门时，不停地重复这句话。似乎我们的角色颠倒了过来：他需要得到确信，而不是我。

"我相信你是对的。"

但我其实没把握。我驱车去了克鲁瓦塞，然后用相机拍了另一只鹦鹉。它上面也有博物馆印章。我支持女看门人的说法，她的鹦鹉显然是真品，而主宫医院那只鸟肯定是冒名顶替的。

午饭后，我去了纪念公墓。"对布尔乔亚的痛恨，是一切美德的开始。"福楼拜曾写道；然而，他却和鲁昂那些最显赫的家族葬在一起。在一次去伦敦的途中，他造访了海格特公墓，发现那里干净得有些过分："这些人似乎是戴着白手套死去的。"在纪念公墓，他们穿着燕尾服，戴满勋章，带着他们的马、狗和英国家庭教师一起殉葬。

居斯塔夫的墓很小，非常朴素；但是，在这样的环境影响下，看上去他并不像艺术家,不像反资产阶级的人士,反而像布尔乔亚中的贫困潦倒之徒。我倚靠在家庭墓地边界的栏杆上——甚至死后你还能拥有一块永久不动产——拿出了我那本《一颗质朴的心》。福楼拜在第四章开头对于费莉西泰的鹦鹉的描写非常简洁:"他叫露露。他身子是绿色的,翅膀的尾端是粉红色的,前额是蓝色的,而喉部则是金色的。"我将两张照片做了一番比较。两个鹦鹉都有绿色的身子;都有粉红色的翅膀尖(主宫医院那只更粉一些)。但是蓝色的前额和金色的喉部:毫无疑问,只有主宫医院的鹦鹉具有这个特征。克鲁瓦塞那只完全是相反的:金色的前额,蓝绿色的喉部。

似乎水落石出了,真的。即使如此,我还是给卢西恩·安德里先生打了电话,向他大概解释了一下我的兴趣所在。他邀请我第二天去拜访。当他给我地址时——洛丁街——我想象了一番他这个福楼拜学者在一栋气派的中产阶级宅邸里和我说话的样子。复折式屋顶,上面开着牛眼窗[1];粉红色的砖墙,第二帝国时期的装饰;里面沉静庄严,镶着玻璃门的书柜,打过蜡的地板和羊皮灯罩;我闻到了一个善于社交的男性的味道。

我在脑海中简单设想的那栋房子其实是一个赝品,一个梦,一个虚构。那个福楼拜学者真正住的房子,在鲁昂南部的河对岸,是一个破败的地区,一些小型企业就坐落在一排排红砖排屋的中间。卡车在这些街道上显得过于庞大;几乎没什么商店,酒吧也很少;其中一家酒吧正供应小牛头[2]作为当日特色菜[3]。就在你快到洛丁街时,会看到

1、2、3　原文为法语。

一个去鲁昂屠宰场的路标。

安德里先生正在家门口的台阶上等我。他是个小个子的老头，穿着斜纹呢的夹克，脚上是斜纹呢的拖鞋，头上戴着斜纹呢的毡帽。他的翻领上绣了三排彩色丝带。他脱下帽子，和我握手，然后又戴上；他告诉我，他的脑袋在夏天很脆弱。在屋里时，他要时刻戴着斜纹呢帽子。有人也许会觉得这有些怪，但是我不这么认为。我是从一个医生的角度说这话的。

他告诉我，他七十七岁了，是福楼拜学会的秘书，也是在世的最资深会员。我们面对面坐在前厅的桌边，这里的墙上挂满了各种小饰物：纪念盘、福楼拜纪念章，以及安德里先生自己画的大时钟画。房间十分狭小，却颇为奇特，有个人风格：就像是费莉西泰房间的一个更为整洁的版本。他指着一幅他自己的漫画像给我看，那是他朋友画的；上面将他画成了一个枪手，屁股口袋里插着一大瓶苹果白兰地。我本该问一下，为什么我这位如此慈眉善目的主人被画成如此凶神恶煞的样子；但是我没问。相反，我拿出了那本伊妮德·斯塔基博士的《福楼拜：成为大师》，让他看扉页的插图。

"那是福楼拜吗？"我问道，只是为了最终确认一下。

他咯咯笑了。

"这是路易·布耶。对，对，是布耶。"显然，这不是他第一次被问及此事。我又与他核实了其他几个细节，然后提到了鹦鹉。

"哦，鹦鹉。有两只。"

"是，你知道哪一只是真的，哪一只是冒牌货吗？"

他又咯咯笑了。

"他们 1905 年在克鲁瓦塞建立博物馆,"他答道,"那年我出世。当然,我并没参与。他们搜集了能够找到的资料——嗯,你也亲眼见到了。"我点点头。"资料并不多。很多东西都散佚了。但是馆长认为有个东西他们可以有,那就是福楼拜的鹦鹉。露露。所以他们去了自然历史博物馆,然后说,我们能把福楼拜的鹦鹉拿回来吗? 我们想要把它放在凉亭里。然后博物馆说,当然,跟我们来取。"

安德里先生以前讲过这个故事;他知道该在哪里停顿。

"于是,他们把馆长带到存放馆藏品的地方。你想要一只鹦鹉?他们说。然后,我们到了禽鸟区。他们打开门,然后在他们眼前看见了……五十只鹦鹉。五十只鹦鹉[1]!

"他们怎么做的? 他们的做法合情合理。他们回去取来一本《一颗质朴的心》,然后自己读了一遍福楼拜对露露的描写。"就像我前一天做的那样。"然后,他们选择了那只与描写最相符的鹦鹉。

"四十年后,在上次战争结束后,他们开始为主宫医院搜罗展品。他们也去了博物馆,然后说,我们能拿走福楼拜的鹦鹉吗? 当然,博物馆说,自己挑吧,但是你得确定你没拿错。所以,他们也参照了《一颗质朴的心》,选了和福楼拜的描述最相似的那只。这就是为什么有了两只鹦鹉。"

"所以克鲁瓦塞的凉亭是先挑的,他们肯定拿到的是原来那只鹦鹉?"

安德里先生看上去不置可否。他将斜纹呢毡帽朝后脑勺稍微推

1　原文为法语。

了推。我拿出我的照片。"如果是这样的话,这张照片该如何解释?"我引述了那段熟悉的关于鹦鹉的描写,然后指出克鲁瓦塞的这只前额和胸部都不符合。为什么后来挑的这只鹦鹉反而比先挑的那只更像是书里的?

"呃,你必须记住两件事。第一,福楼拜是一个艺术家。他是一个充满想象力的作家。他可能为了表达效果而对事实做一些改变;他就是这样子的。仅仅因为他借了一只鹦鹉,就应该照原样来描写吗?为什么他不可以改一改颜色,如果这听上去更好?

"第二,福楼拜在写完这个故事后,将鹦鹉归还给了博物馆。那是1876年。凉亭是三十年后才建起来的。动物标本会长蛀虫,你知道的。它们会分解破损。费莉西泰也如此,别忘了,对吧?里面的填充物都掉了出来。"

"是的。"

"也许,它们随着时间推移而改变了颜色。当然,我不是制作动物标本的专家。"

"所以,你的意思是,它们两个都可能是原来那只?或者,很可能两个都不是?"

他将手缓缓地在桌上伸开,做了一个魔术师示意安静的手势。我还有最后一个问题。

"所有那些鹦鹉还留在博物馆里吗?所有五十只?"

"我不知道。我觉得不会。你应该知道,在二三十年代,那时我还年轻,动物和鸟类标本是一个很时髦的东西。人们把它们摆在客厅里。他们觉得它们挺漂亮。所以,很多博物馆就把不需要的藏品卖掉一部分。为什么他们就得拿着那五十只亚马孙鹦鹉不放呢？它们只会腐烂。我不知道他们现在还有多少。我觉得博物馆会把大部分鹦鹉都处理掉了。"

我们握了握手。在门口台阶上，安德里先生向我脱帽道别，将他脆弱的脑袋短暂地暴露在八月的阳光下。我感到既开心，又失望。这既是答案，又不是答案；这既是终结，又不是终结。伴随着费莉西泰最后的心跳，这个故事渐渐告终，"就像是干涸的泉水，就像是消逝的回声"。也许，事情本该就是如此。

告别的时刻到了。就像有良知的医生，我去福楼拜的三座雕像边转了转。他状态如何？在特鲁维尔，他的胡须还需要修补；虽然他大腿那儿的补丁已经不那么显眼。在巴朗坦，他的左脚已经开始开裂，外套的衣角有了个洞，上半身有些地方长了苔藓，已经变了色；我望着他胸前的绿色印记，半闭双眼，试图将他想象成一个迦太基的翻译。在鲁昂，在修士广场上，他结构完好，对他那 93% 铜加 7% 锡的合金之身很有信心；但他还是继续在长出条纹。每一年他都似乎会流出几道铜色的眼泪，让脖子上显出光亮的血管。这没什么不妥：福楼拜一直是个爱哭之人。这些眼泪一直流到他身上，让他穿上了漂亮的马甲，也让腿上多出了细细的斑纹，仿佛他穿着礼服长裤。这也没什么不妥：这提醒我们，他既喜欢沙龙生活，也喜欢克鲁瓦塞的隐居。

往北几百米就是自然历史博物馆，他们带我上了楼。这让我大吃一惊：我本以为未展藏品通常是放在地下室的。现在，他们很可能在下面建了休闲中心：餐厅、墙画、电子游戏，以及一切可以让学习变轻松的东西。为什么他们如此热衷于将学习变成游戏？他们喜欢把学习弄得很幼稚，甚至对成年人也是如此。专为成年人而建。

这是一个小房间，也许有八乘十英尺的面积，窗户开在右边，左边是一排排架子。尽管天花板上有几盏灯，但屋里还是很暗，就像个顶楼的墓室。虽然我猜它并非完全是一个坟墓：有些生物还是会被拿出去重见天日，用以取代被虫蛀或过气的同伴。所以，这是一个意义含混的房间，一半是停尸房，一半是炼狱。它的气味也颇为可疑：既像是外科病房，又像是五金商店。

我目之所及的地方到处都是鸟。一架子一架子的鸟，每只都喷洒了白色杀虫剂。我被带到了第三条过道。我小心翼翼地穿过架子，然后轻轻抬头一看。亚马孙鹦鹉，摆成一排，就在那里。原先的五十只如今只剩下了三只。它们身上所有的亮丽色彩都已经被覆盖的杀虫剂弄得暗淡无光。它们盯着我看，就像是三个充满疑惑、目光敏锐、满是头屑、无耻下流的老人。它们确实看上去——我必须承认——有些古怪。我盯着它们看了一两分钟，然后就走开了。

也许，其中一只就是它吧。

图书在版编目（CIP）数据

福楼拜的鹦鹉／（英）朱利安·巴恩斯
（Julian Barnes）著；但汉松译. —南京：译林出版
社，2024.1
书名原文：Flaubert's Parrot
ISBN 978-7-5447-9997-3

Ⅰ.①福… Ⅱ.①朱… ②但… Ⅲ.①传记小说－英
国－现代 Ⅳ.①I561.45

中国国家版本馆 CIP 数据核字（2023）第238404号

著作权合同登记号　图字：10-2020-470 号

福楼拜的鹦鹉　[英国] 朱利安·巴恩斯 ／ 著　但汉松 ／ 译

责任编辑　　宗育忍
装帧设计　　侯海屏
校　　对　　蒋　燕
责任印制　　闻媛媛

原文出版　Picador, 1985
出版发行　译林出版社
地　　址　南京市湖南路 1 号 A 楼
邮　　箱　yilin@yilin.com
网　　址　www.yilin.com
市场热线　025-86633278
排　　版　南京展望文化发展有限公司
印　　刷　南京爱德印刷有限公司
开　　本　850 毫米 ×1168 毫米　1/32
印　　张　8.875
插　　页　2
版　　次　2024 年 1 月第 1 版
印　　次　2024 年 1 月第 1 次印刷
书　　号　ISBN 978-7-5447-9997-3
定　　价　68.00 元